5分でほろり!
心にしみる不思議な物語

『このミステリーがすごい!』編集部 編

宝島社
文庫

宝島社

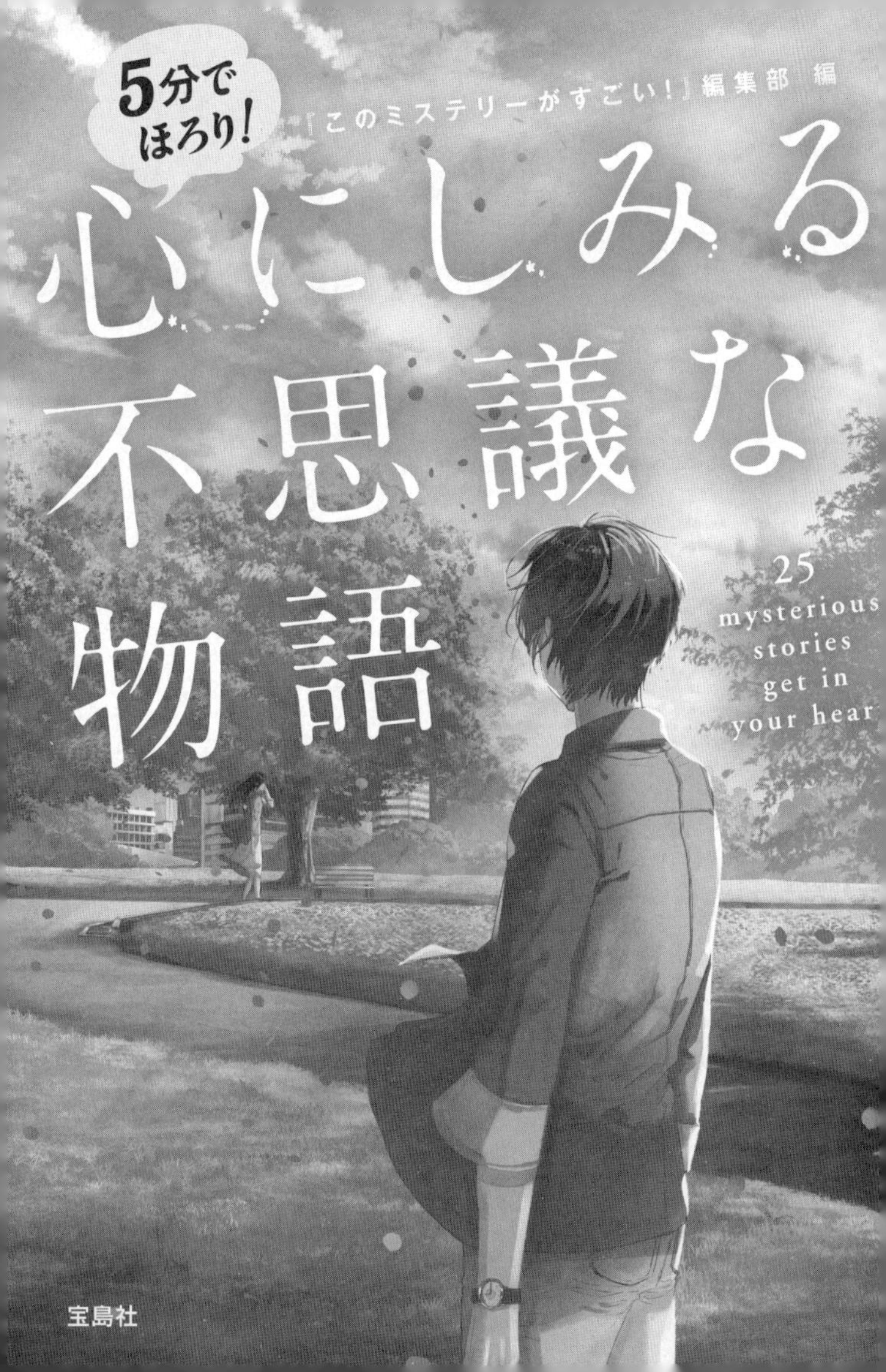
5分でほろり!
『このミステリーがすごい!』編集部 編
心にしみる不思議な物語
25 mysterious stories get in your hear
宝島社

5分でほろり！ 心にしみる不思議な物語［目次］

意外なラストが心地よい、常顕和尚の名推理！
盆帰り　中山七里 …… 9

雪だるまの私と、人間の姉。一緒に過ごしたかけがえのない日々
スノーブラザー　大泉貴 …… 19

何度でも、何度でも。母と娘の時空を超えたループ
二人の食卓　里田和登 …… 29

愛しく、切なく、恐ろしく——
ある雪男の物語　拓未司 …… 39

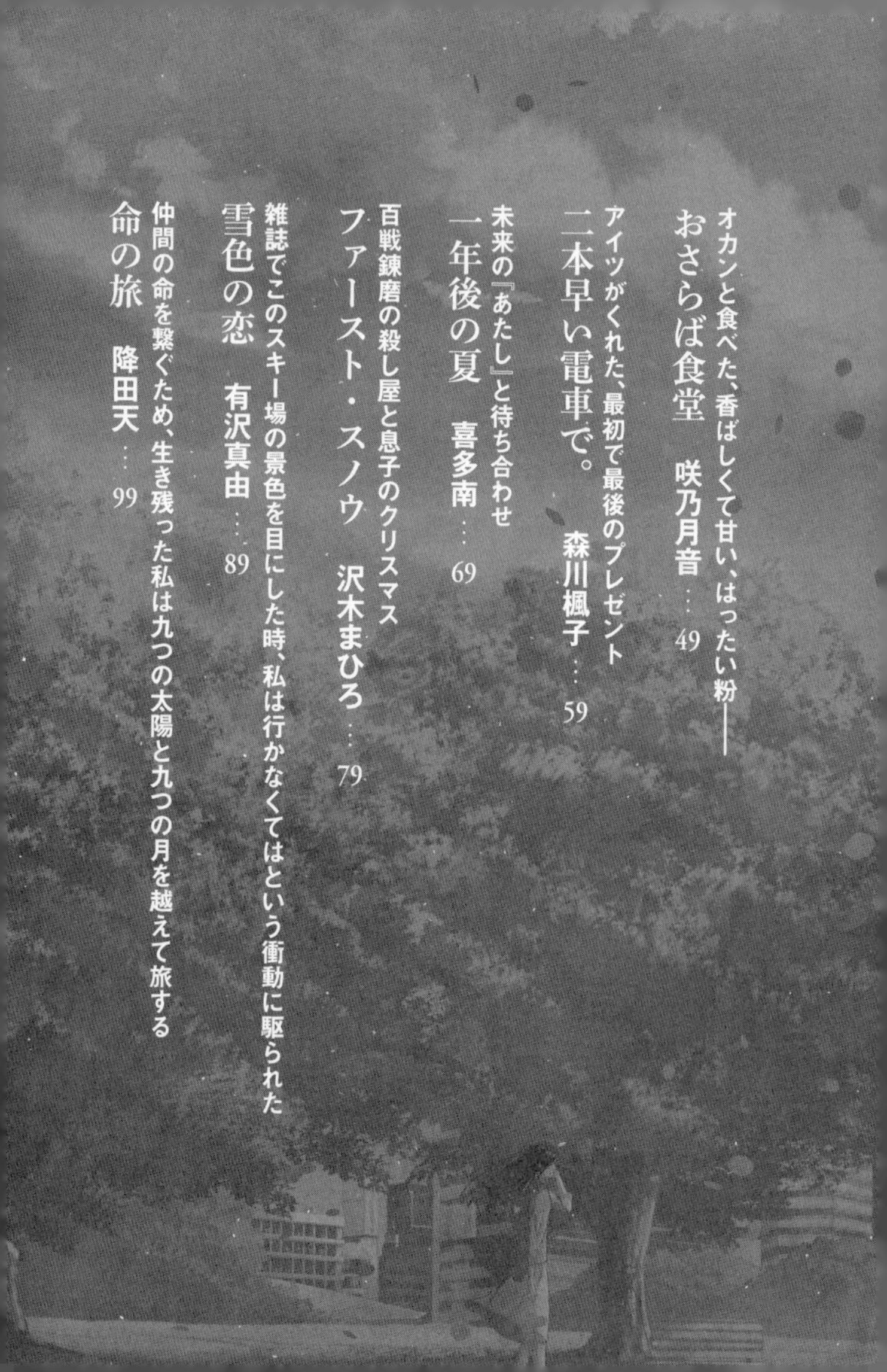

オカンと食べた、香ばしくて甘い、はったい粉――
おさらば食堂　咲乃月音…49

アイツがくれた、最初で最後のプレゼント
二本早い電車で。　森川楓子…59

未来の『あたし』と待ち合わせ
一年後の夏　喜多南…69

百戦錬磨の殺し屋と息子のクリスマス
ファースト・スノウ　沢木まひろ…79

雑誌でこのスキー場の景色を目にした時、私は行かなくてはという衝動に駆られた
雪色の恋　有沢真由…89

仲間の命を繋ぐため、生き残った私は九つの太陽と九つの月を越えて旅する
命の旅　降田天…99

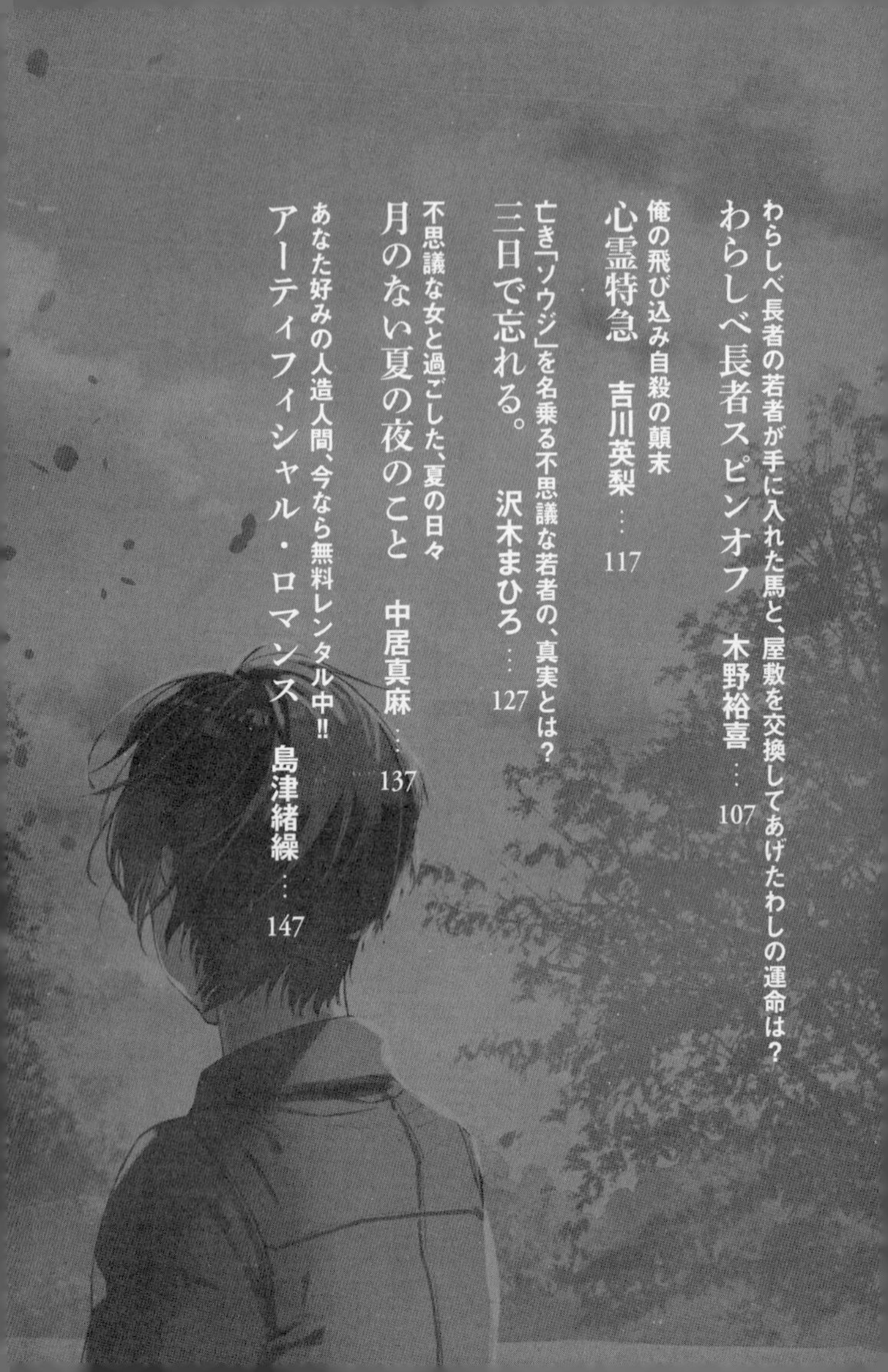

わらしべ長者の若者が手に入れた馬と、屋敷を交換してあげたわしの運命は？
わらしべ長者スピンオフ　木野裕喜……107

俺の飛び込み自殺の顛末
心霊特急　吉川英梨……117

亡き「ソウジ」を名乗る不思議な若者の、真実とは？
三日で忘れる。　沢木まひろ……127

不思議な女と過ごした、夏の日々
月のない夏の夜のこと　中居真麻……137

あなた好みの人造人間、今なら無料レンタル中!!
アーティフィシャル・ロマンス　島津緒繰……147

謎の感動、忍者ラン
忍者☆車窓ラン！　友井羊……157

未来を継げる不思議な書と、一人の女の数奇な運命。壮大なラストに思わず唸る！
真紅の蝶が舞うところに　有沢真由……167

父の危篤へ走る少女。その時、男は……？
男は車上にて面影を見る　木野裕喜……177

今年で契約終了！　失職目前の赤鼻トナカイ、パニック
聖なる夜に赤く灯るは　深沢仁……189

二一二〇年。過去への時間旅行が可能になり、「生きる時代を選択する」時代が訪れた——
中継ぎの女　里田和登……199

お母さんに手紙を出す時は、ポストの神さまにお願いするのよ
ポストの神さま　田丸久深……209

アテネの女神様、二十数年ぶりの再会？
夏の夜の現実　遠藤浅蜊……219

誘う、決断の停車駅
揺れる最終電車　拓未司……229

一切合切を失った仁吉は、伊勢神宮へ向かう途中の白犬に出会う
おかげ犬　乾緑郎……241

哀切な、あまりにも哀切な……精霊流しの夜
精霊流し　佐藤青南……251

執筆者プロフィール一覧　263

盆帰り

中山七里

初出『５分で読める！　ひと駅ストーリー　夏の記憶　西口編』（宝島社文庫）

遠くから祭囃子《まつりばやし》の音が聞こえる。音のする方角を見れば夜空が仄《ほの》かに明るくなっているので、おそらくあの真下辺りに夜店が軒《のき》を連ねているのだろう。それでも境内《けいだい》の中にはしんと静謐《せいひつ》が流れ、建物に滲《にじ》み込んだ線香の匂いを嗅いでいると祭りのこともまるで浮世のように感じられる。

わたしはここ円彰寺《えんしょうじ》本堂の縁側に座って、ある人物を待っていた。つい今しがた本堂から読経の声がやんだので、その人物はもうすぐ出てくるはずだった。

果たして本堂の障子《しょうじ》が開き、中から禿頭《とくとう》の僧侶が姿を現した。

「常顕和尚《じょうけんおしょう》」

「おお、あなたでしたか。こんなところでどなたをお待ちですかな」

「あなたを待っておりました、和尚。翠《みどり》の、翠のことをお伺《うかが》いしたくて」

すると常顕和尚はそれだけで事情を察したように、大きく頷《うなず》いた。

「それで今宵《こよい》はこちらに来られましたか。しかし、わたしは一介《いっかい》の坊主に過ぎません。捜査のことならば所轄署《しょかつしょ》の刑事さんにでもお訊《き》きになればよろしいのでは」

「警察の人たちはわたしの話に耳を傾けてくれません」

わたしは叫び出したいのを堪《こら》えて言った。実際、何人もの警察官に尋《たず》ねたのに、彼らは誰一人としてまともに相手もしてくれなかったのだ。

「警察に行って翠とも会って来ました。しかし翠も同様に話をしようとしてくれませんでした。しかし常顕和尚。和尚は翠が任意同行を求められた現場に居合わせ、陣頭指揮を執《と》る責任者と長く話をしていらっしゃいました。あなたなら、翠が何故あのようなことをしたのかご存じではありませんか」

常顕和尚は少しの間わたしを見ていたが、やがて慈顔《じがん》を緩ませた。

「檀家《だんか》のあなたから頼まれては嫌と言えませんな。よろしい。それでは拙僧《せっそう》の知り得る限りをお話ししましょう」

陶芸家綱木《つなき》善幸《ぜんこう》の焼死体が自宅の焼跡から発見されたのは今から一週間前のことだった。燃えたのは綱木が作業場としている陶芸部屋で、出火したのは午後九時半。幸い消防車の到着が早かったために焼けたのは陶芸部屋だけに留《とど》まったのだが、その中に綱木がいた。

問題はその後だった。綱木の死体は念のため司法解剖に回され、その体内からはあろうことか水銀が検出されたのだ。更《さら》に肺の中に煙を吸い込んだ形跡はなく、死亡は出火前であることが判明した。また出火原因も不明確で、現場には灯油の撒《ま》かれた痕跡が残っていることから直ちに所轄署は捜査を事故から事件に切り替えた。

綱木善幸といえば平成十年、五十五歳の若さで紫綬褒章《しじゅほうしょう》を授章した人間国宝だ。鮮《あざ》やかな朱色を発色する辰砂釉薬《しんしゃゆうやく》に特長があり、陶芸に縁のない者さえ、その作品を目の当たりにすると陶器から尋常《じんじょう》ならざる雄渾《ゆうこん》を感じる。作風は「灼熱の綱木辰砂」との異名で海外にも広く知られ、ファンも多い。最近こそ発表する作品数は少なくなったものの、その人間国宝が殺されたとなれば所轄署の面子《メンツ》も大きく関わってくる。

ところが事件は初動捜査の段階で早くも進展を見せた。綱木の妻、翠の着衣から灯油が検出されたのだ。翠は元々綱木の数少ない弟子の一人だったのだが、綱木から見《み》初《そ》められて夫婦となった。しかし、その年の差が三十近くもあり、しかも翠が受取人名義の保険がわずか二年前に契約されていたとなると捜査本部の疑念は一気に深まった。所轄署が翠に任意同行を求めたのは綱木の葬儀が終了した直後だった。

　そこで事情を聴取すると、翠はあっさりと自分の犯行であることを自供した。陶芸部屋で就寝中だった綱木の首を絞め、その後、火を放ったというのだ。動機は遺産と死亡保険金の一億円。綱木が高齢なので早晩我が物になると算段していた遺産がなかなか手に入らず、そのうち食事に少しずつ水銀を混入させたがこれもなかなか功《こう》を奏《そう》さず、業《ごう》を煮やした上での犯行だったと言う。

「ただ、わたしは翠夫人の人となりを多少存じておりましたから警察発表、いわんや夫人の供述をそのまま鵜呑《うの》みにすることは到底できませんでした」

　常顕和尚は静かに首を振る。

「まず、夫人の供述が矛盾《むじゅん》しているのですよ」

「矛盾？」

「夫人は綱木さん殺害のため食事に水銀を混ぜたと供述されましたが、本来水銀というのは体内に蓄積され中枢《ちゅうすう》神経を緩慢に侵《おか》していく毒物です。毒殺を図った本人がそれを知らぬはずはない。それなのに業を煮やして手っ取り早く首を絞めたなどと合点がいきません」

「しかし部屋に火を放ったのは翠なのでしょう」

「それは事実でしょうな。灯油缶の在《あ》り処《か》はあの家の者しか知らない場所にありましたし、家人といえば綱木さん以外は夫人しかいらっしゃらない」

「それなら……」

「夫人が死体を部屋ごと燃やそうとしたのは証拠隠滅のためなのですよ。ところが完全に焼却する前に消火活動が始まってしまい、目的を達成できなかった」

「証拠とは体内に蓄積された水銀のことですか」

「違います。綱木さんの身体に残っていたありとあらゆる証拠を消したかったのです」

わたしは訳が分からなくなった。

「実は所轄の刑事さんに、わたしはある大学教授を紹介しました。光崎《みつざき》といってわたしの幼馴染《おさななじみ》なのですが、法医学の世界では権威といってよい男です。解剖する者の経験値や知識で検視結果に差異が生じることもあるので慎重を期した訳ですな」

解剖に携《たずさ》わる医師と弔《とむら》う僧侶が知り合いとは、何という因果かと思う。

「光崎はまず頭部に残存していた血液が火事による蒸発分を差し引いても少なかったことから、これは他殺の可能性が薄いと判断しました。紐で首を絞める絞殺や手で絞める扼殺《やくさつ》は、表面の頸《けい》動脈は絞まっても奥の椎骨《ついこつ》動脈までは絞めることができないので頭部に血が流れ込むらしい。光崎の話では成人男性の椎骨動脈を絞めるには凡《おお》そ三十キロの力を要します。ところが、これが首吊りとなると二つの動脈が同時に絞まるので頭部に血が流れない。そこで光崎の見立ては自殺です。翠夫人はその事実を隠蔽《いんぺい》するために綱木さんのご遺体を焼こうとしたのでしょう。また首吊りと絞殺した場合の索条痕《さくじょうこん》の相違もあったでしょうから、その痕跡を消滅させる必要があった」

「他殺に偽装したという訳ですか？」

「おそらく夫人が綱木さんのご遺体を発見した時には遺書も存在していたと思いますな。拙僧が想像するに人間国宝にもなられた綱木さんが自死を決意されるとしたら、それはご自身の仕事に関わるものである確率が高い。先ほど司法解剖で綱木さんの体内からは水銀が検出されたと申しました。水銀は中枢神経を侵しますから四肢《しし》や指先の動きが制御できなくなってしまう。繊細な指先を必要とする陶芸家にとって、それは死刑判決にも等しいものでしょうね」

「ああ……それはその通りでしょう」

「もちろん、その水銀も翠夫人が食事に混入させたものではない。綱木さんの作品は辰砂釉薬を多用した物でしたが、この辰砂というのは硫化水銀なので加熱すると分解して水銀が生成されます。おそらくその水銀が指の皮膚から体内に侵入し、長い時間をかけて綱木さんの肉体を蝕《むしば》んでいったのでしょう」

「和尚は毒物にお詳しいのですね」

「いや、仏像に鍍金《ときん》を施《ほどこ》す際にはその水銀に金を混ぜて銅製の仏像に塗布《とふ》するのですよ。その後再加熱すると水銀は揮発《きはっ》し、金だけが表面に張りつく。職業柄そういうことを知っておっただけです」

常顕和尚は照れたように頭を掻《か》く。

「何故、自殺ではいけなかったのか、でしたな。それは翠夫人が妻である前に、まず人間国宝綱木善幸の愛弟子《まなでし》であり、崇拝者《すうはいしゃ》だったからではないかと存じます。それが水銀中毒の症状であるとは露《つゆ》知らず、老齢による技術の衰えを儚《はかな》んだ末の自死。それは雄渾《ゆうこん》な作品を世に出し続けた人間国宝の最期としては屈辱に塗《まみ》れたものであり、敗北を意味するものでした。それが信者である翠夫人には到底受け容れ難かった。それよりは他殺であった方が綱木さんの名誉が護《まも》られる。たとえそれで自分が世間から毒婦と罵《ののし》られようともです。彼女は、どこまでも夫に尽くそうとしたのですよ」

説明を聞きながら、わたしは感極まって泣いた。そうだ。翠とはそういう女だった。いつでも、どんな時でも自分のことは二の次で、まず夫の身を気遣う優しい女だったのだ。

「……そのことは、もう警察に？」

「ええ。既に所轄署は全ての事情を承知しております。翠夫人は明日にでも解放されるでしょう。ですから」

常顕和尚はわたしに向けて手を合わせた。

「善幸さん。あなたはもう成仏なされ。摩訶《まか》般若波羅蜜多心経《はんにゃはらみったしんぎょう》、観自在菩薩行深般若《かんじざいぼさつぎょうしん》波羅蜜多心経、照見五蘊皆空《しょうけんごうんかいくう》」

ああ、これで思い残すことはない。

わたしはその読経に乗って宙空に拡散し、周囲の空気に溶けていった。

スノーブラザー　大泉貴

初出『5分で読める！　ひと駅ストーリー　冬の記憶　西口編』（宝島社文庫）

私はもうかれこれ七十年ほど雪だるまを務めている。

ほかの雪だるまがどうだか知らないが、おそらく雪だるまとしては相当長生きな部類だろう。といってもほかの雪だるまとなにか違うわけではない。そこらの雪だるまのように、地面に降り積もった雪から作られた、たかだか重さ六百グラムの雪の結晶の塊である。

と、自己紹介もここまで。もとより雪だるまの来歴など語ったところでなにも面白いことなどない。おおむね物語とは人間のためのものであり、人間しか持ち得ないものである。だからここは、私ではなく、人間である私の姉について語るべきだろう。

私が姉と出会ったのは、私が『生まれた』日のことだった。

あとから聞いた話によると、ちょうどその日は記録的な豪雪に見舞われ、街は大騒ぎになっていたらしい。だが大人の騒ぎも、子供には関係のない話である。そして私もそんな遊び盛りの子供の気まぐれによって作られたのだった。

私が生まれたとき、初めて目にしたのはどんぐり眼《まなこ》でこちらを見つめる子供の顔だった。りんごみたいに紅潮したほっぺたを緩《ゆる》ませ、いつまでもニタニタと笑いを浮かべていたのがいまでも印象に残っている。

高さが十センチにも満たないミニサイズの私からすれば、子供は巨人であり、支配者であり、神だった。

創造主たる子供は固めたばかりの私のカラダから手袋を離すと嬉しそうに宣言した。

「きょうからおまえは、あたしの弟だ！」

以来、子供は私の姉になった。私に拒否権などあるはずもない。

生みの親でもあるので、母のほうが意味としては合っているのだろうが、作った本人が姉と言うのだから姉なのだろう。なぜ姉が姉なのか、私がそれを知るのはずっとあとになってからのことだった。

姉は雪だるまデビューして間もない私に、弟としてのありとあらゆる作法を叩き込んだ。もちろん雪だるまなので弟としての振る舞いなどできるはずもない。姉は一人っ子だったので、きっとなんでも言うことを聞く弟が欲しかったのだろう。

生まれたばかりの弟にできたことは、せいぜい姉が当時お気に入りにしていたリカちゃん人形の相手になってやるくらいものだった。

どれくらいの時間が経《た》ったのか、体内時計など持たぬ雪だるまにはわからないが、ほどなくして姉は人形を持ち、そのままどこかへ立ち去ってしまった。

べつにさみしいとは思わない。雪だるまとはそういうものだ。一方的に作られ、一方的に打ち捨てられる儚《はかな》い命。日射《ひざ》しの当たる場所にいればすぐに溶け落ちるし、日陰にいてもおそらく三日かそこらが限度だろう。もっと悪い時は雪合戦か、はたまたストレス解消のはけ口となって破壊されることだって有り得る。このときの私は淡々と自分の最後を待つだけの身だった。

どれくらいの時間が経ったのか、ほどなくして姉は戻ってきた。

なぜかプラスチックのケースを持って。

「よしよし、おまたせしましたねー」

姉はそう言いながら、丁寧に私のカラダをすくい取ると、形が崩れないように、そっと、私のカラダをプラスチックのケースにしまいこんだ。

「これでかんぺき！」

姉は嬉しそうにはにかみながら、プラスチックのケースを摑《つか》み、立ち上がる。私はケースのなかで揺れながら、事態の推移を待った。しばらくして私の入ったケースが急にひんやりとした温度に包み込まれた。外とは比べ物にならないほど心地よい冷たさだった。それこそ私のカラダを保護するには十分なほどの。

あとから、私は自分が冷凍庫のなかに入れられたことを知った。

おかげで生きながらえる方法を得た私はそれから幾度となく姉に外へ連れ回された。姉は雪だるまの弟をたいそう可愛がっていた。雪だるまをわざわざ弟にせずとも、もっと丈夫な弟はいくらでもいそうなものだが、私の知る限り、姉は弟の役目をほかの誰かに与えようとはしなかった。

それがただの子供の気まぐれなのかはわからない。ただ私には一つ、ひどく印象に残っている出来事がある。

私を外に連れ出した姉が公園へとやってきたときのことだ。姉は私をベンチの上に置き、いつものように人形遊びを始めようとした。姉は私に触《ふ》れるとき、いつも素手《すで》でベタベタと触《さわ》り続けた。おかげで私のカラダは姉の体温で溶け始め、ぼろぼろと崩れた。当たり前である。

そして、とうとう私の頭の雪玉がべちゃりと崩れてしまった。痛い、という感覚はもとより雪だるまにはない。だから心配など必要ないのだが、姉はそう受け取らなかったようだった。

姉は必死にまわりの雪をかき集め、私のカラダを元通りにしようとした。涙をぽろぽろと流し、ギュッギュッと新しい雪で私のカラダを固めていく。

「しんじゃやだぁ……しんじゃやだぁ……」

おかしなことを言うものだ。

私のカラダがいくら崩れようが、また新しい雪を集めて作り直せばいいだけなのに。しかし私の考えなど問題ではない。姉がどう捉《とら》えるか、それが問題なのだ。

以来、姉はあまり私にベタベタ触れることはなくなった。いつも取り出すときは丁《てい》寧《ねい》に手袋をして、私を溶かさないように気をつけた。

なぜ雪だるまにそこまで？　という疑問はそれほど湧かなかった。ただ姉はずいぶんうっかり屋で泣き虫なのだと、ぼんやりした頭で思った。

私は冷凍庫にいる時間が増えた。姉も人形遊びをすることがなくなり、外での生活に忙しくなっていたようだ。それでも姉はときどき冷凍庫から私を持ち出しては最近あった出来事を語りかけ続けた。

となりの組のハナコちゃんとケンカしたこと。リカちゃん人形で一緒に遊んで仲直りしたこと。デパートに連れて行ってもらい、ランドセルを選んだこと。みんなとトモダチになれるか不安なこと。すぐに隣の席の子と仲良くなれたこと。学校の授業は算数がニガテなこと。学校の先生がもうすぐ結婚すること。

だがその語りかけの頻度《ひんど》も、いつの頃からか少なくなっていた。

やがてプラスチックのケースが開かれることはなくなり、誰にも顧《かえり》みられることなく、ひっそりと冷凍庫の中にしまわれることになった。

雪だるまと違い、人の心は時とともに移ろう。

寂しいとは思わなかった。もう私は弟としての役目を終えたことを受け入れていた。この頃については本当に語るべきことはない。人間でいう眠りのような状態だったのかもしれない。

私がふたたび目覚めた時、見知らぬ女の子と男の子がこちらを覗き込んでいた。誰かさんに似た、ぐりぐりとしたどんぐり眼。

「ねーねー、ばーばー。これ、なーに？　なーに？」

二人はやかましい声をあげてはやし立てる。すると「あらあら」と懐かしい声が聞こえた。姉の実母だった。

「懐かしいわねぇ、まだしまっていたのかしら」

「どうしたの、母さん？　あ、あんたたち。またなにを出してるの！」

どたどたと近づく足音。ぐいっとつり上がった目が私を覗き込む。

すると相手の目がうろたえたように柔らかくなった。

「これ……。まだとってあったの？」

「あら、『とってあった』はひどいじゃないの。大切な弟なんでしょ？」

「おとうとー？」「ままー、おとうといたのー？」

二人が矢継《やつ》ぎ早《ばや》に尋ねる。

女性は困ったように眉をひそめ、じっと私を見つめていた。

それからしばらくして、ニタアと頬を緩ませる。いつになっても、この顔だけは変わらない。

「そうよ。これがあたしの弟。あんたたちのおじさんよ」

それからほどなくして、私は姉の家に引き取られた。

姉の子供たちの遊び相手となった私はさまざまなデコレーションを施《ほどこ》され、雪の日になると新しい雪の結晶で補強されたりした。

もうひとつ変わったことといえば、毎年私の誕生日が祝われようになったことだ。新しく年を重ねるたび、私には新しい帽子が被《かぶ》せられた。おかげで私は自分の年を知ることができた。

姉の弟で、子供たちの叔父。ちなみに姉の旦那からも義弟として扱われた。

時はあっというまに過ぎてゆく。

そのあいだも私はずっと姉のそばにいた。嬉しいときも、悲しいときも、困難なときも、いつだって、いつだって。

私がちょうど七十歳になった年のこと。姉が病院へ入院することになった。しばらく姉に会えない日が続いたが、あるとき姉の子供たちの手により、私は姉がいる病室まで連れてこられた。

「あらあら。まぁまぁ」私の姿を見た姉は感嘆の声をあげた。「よかった……よく来てくれたわ……」

姉の髪は白く、手はシワだらけになっていた。肌は血の気が引け、シワくちゃの手が私のカラダに触れる。指先の体温がゆっくり私のカラダを融《と》かした。

しばらくして姉は子供たちに「あのね」と呟《つぶや》いた。

「お願いがあるの」

その日の夜、私は姉がいる病室の窓枠に置かれた。私はずっとベッドのほうを向きながら、眠っている姉を見つめた。姉はすやすやと安心した表情で眠り続けている。眠る姉を見つめながら、私はカラダの中にある『それ』に意識を向けた。私のカラダのなかにずっと埋められた麻袋。そのなかには赤ん坊のへその緒が入れられている。それは生まれてすぐに死んだ、姉の血を分けた弟のへその緒。七十年間、私の一部だった、へその緒だ。

いったいなぜ姉がそんなことをしたのか。きっと姉本人にもわからないだろう。誰かの気まぐれで作られるのが、雪だるまという存在なのだから。

「ねえ」

私はそこで気づいた。ベッドの姉が目を覚ましていた。姉の目が窓枠の私を見つめる。そしてゆっくり唇を開いた。

「いままで、ありがとう」

雪だるまに語るべき物語はない。おおむね物語とは人間のためのものだからだ。そして一介《いっかい》の雪だるまが語る物語にもそろそろ終わりが近づいて来た。

雪だるまとして語れることはもうない。だから最後に『人間の姉』を持った弟として言わせてもらおう。

こちらこそ、ありがとう。姉さん。

二人の食卓　里田和登

初出『5分で読める！　ひと駅ストーリー　冬の記憶　西口編』（宝島社文庫）

娘が首を吊っていた。境内《けいだい》の神木に縄《なわ》を括《くく》って。心臓がまだ動いていたので、私は台所の鍋の火を消してから、一一九番に電話を掛けた。私は娘が死にかけていてもなお、火元を気にする余裕がある。普通の母親ならば、きっとこうはならないだろう。

全ての始まりは、千四百年以上前にさかのぼる。当時私の先祖は、土着の神々をとても強く、強く信じていた。穢《けが》れを恐れ、清らかな水が溜まる山内で密かに暮らしていた。その頃、大陸から強大な信仰がやってきた。国はその信仰をしなやかに受け入れ、千と一つの社《やしろ》が建てられた。私の先祖も負けじと土着の神を崇《あが》める社を建て、外来の信仰を挑発した。我々は死後、霊魂になるのだ。まずは猪《いのしし》、続いて鼠《ねずみ》――そんな風に巡りに巡る、輪廻《りんね》の業《ごう》など馬鹿げていると。

結果私の一族は信仰の怒りを買い、一つの呪いを掛けられた。それは人生のとある期間を繰り返し続けるというもの。私の場合は、十七歳の六月一日から三十日までの間。私は梅雨《つゆ》のじめじめした時期を、気の遠くなるほど繰り返した。この輪廻を模した巡りの苦痛を受け入れ、悟りに達して初めて、私たちは元の時間の流れに戻ることが出来る。土着の神を崇める立場でありながら、強制的に外来の信仰の究極の形を強《し》いられる――ご先祖様はさぞかし屈辱を味わったことだろう。

何があろうと、子種は仕込まれ、何があろうと、生まれる子供は女の子だった。それ故、私の祖母や母は、娘が生まれる限りは、呪いが続いていくものと考えていた。

私も例に漏れず娘を授《さず》かり、彼女は十五歳の冬、運命の時を迎えた。私たちは遠くで響く除夜の鐘を、最後まで聞き終えることが出来なかった。娘はどうやら、十二月一日から十二月三十一日の間を周回するようである。

「寝ぼけているの？　まだ十二月になったばかりよ」

私は朝、お年玉をねだりにやってきた娘に白々《しらじら》しくそう言った。娘の戸惑いはその表情から明らかだった。時が巻き戻ろうが、娘には巡りの記憶が丸々残る。一度悟りに至った私にも、同じく記憶が残る。

娘に事情を話すわけにはいかない。私の一族は長い呪いの歴史の中で、一つの知恵を身につけた。それは、迅速に悟りに至るには、当人が孤独でなければならないということ。理解者がいない方が、苦痛の時がより短くて済むのだ。全ての告白は娘が巡りに打ち勝ち、次なる呪いの子を孕《はら》んだ直後に行うことになる。

それゆえ私は、細心の注意を払う。巡りの自覚がないため、娘の干渉がない限り、世間の人々は一ヶ月間、同じ行動を繰り返す。私もそうでなければならない。娘の同じ類《たぐ》いの質問には、私は初耳のように振るまい、一定の答え方をする。

また私は食事の献立《こんだて》を、一ヶ月単位で考えている。毎月一日の朝食はひじきと豆腐、小松菜のお浸し。七日の夕食は、刺身とつみれ汁、きんぴらごぼう。季節によって旬《しゅん》の食材の入れ替わりはあるが、三十一日分、全九十三回の献立は、決して変えることはない。これならば巡りの開始に、焦って過去の献立を思い出す必要がない。私はただ、流れ作業をこなすだけ。前回の大晦日《おおみそか》は蕎麦《そば》だったのに今回はスパゲティが出て来た、などという不意打ちで娘を混乱させてはならないのだ。

一度悟りに至った私にとっては、時が巻き戻ることなど些細《ささい》なことだ。心を砕くことなく、随《まにま》に体を委《ゆだ》ねれば、時は瞬《また》く間に過ぎていく。それに、繰り返される時の中にも、小さな喜びはたんとある。例えば、十二月十九日には必ず雪が降る。その雪の粒を境内から、鳥居のしなびた赤との対比を愉《たの》しみながら、ぼんやりと眺める。すると、だんだんと時間の境界が曖昧《あいまい》になっていく。そうすれば、しめたものだ。時は私の術中にはまり、私の前から遠ざかっていく。

だが現状を把握出来ない娘にとっては、生き地獄そのものだろう。事実、巡りの数が二桁を超えたあたりから、娘は徐々に荒れ始めた。私が素行を注意すると、娘はぶっきらぼうにこう言うのだった。

「お母さんには、あたしの辛さなんて分からないよ」

正常な母親ならば「分かるわ。本当は全部知っているもの」と心の中では苦悩したりするものかもしれない。残念ながら私は、事情が分からないのではなく、分かった上で、なおかつ娘の辛さの芯が分からない。幼い頃、私は気性が激しい子供だったが、今はありとあらゆるものへの執着がなくなってしまった。それ故、娘への強い固執《こしつ》もない。もちろん愛はあると思う。ただ、他のものへの愛と同じだけ。私は娘と同じくらい、夜の灯りに集まる羽虫も愛《いと》しいと思う。私にとって個別の名前は、意味があるものではない。

巡りの数が二十回を超えたあたりから、娘は夜遊びを繰り返し、口には出せないような非行にも走るようになった。私の三十二回目よりもずいぶん早い。私は「私は母親。ならば反応はこのように」と計算式を解《と》くように娘に対応した。具体的には右手にスナップを利かせ——振り下ろす。次の瞬間、娘の頰がぴしゃりと鳴る。

「ばかばかしい！　どうせ何もかも忘れるくせに！」

娘は捨て台詞《ぜりふ》を残し、自室の扉を乱暴に閉めた。まだまだ、先は長い。

巡りの数が五十を超えた。娘の破綻は一目瞭然だった。何度か自死を選び、三十一日の最終日を待たずして、時が巻き戻ることもあった。強い悲しみよりも、懐かしさが先にきた。私の最初の自死は百九回目。娘はあらゆる面で早熟だ。

私たちは何度もぶつかり、私は時に激しく、口汚く罵《のの し》られた。

「あたしがおかしい？　おかしいのはあんたのほうだ！　どうせバカみたいに忘れるから、今こそ言わせてもらうわ！　あんたは誰にでも公平に優しい！　でもそれは、あたしには全然優しくないのと同じなんだ！」

これは百二回目の十二月二十日、夕食の風景。私はその日、娘に殺された。娘は包丁を片手にわめき散らした後、冷凍庫の奥から何かを取り出し、投げつけてきた。

「食事がいつも決まってる！　あんたは昔から、機械みたいだ！」

その何かで私は額《ひたい》を切り、血まみれになった。その後の記憶が全くない。きっと包丁で刺されたのだ。そして私が不在のまま時は過ぎ、十二月一日に巻き戻ったのだろう。刺された時の痛みは覚えていないが、娘の言葉は私の心に深く刻み込まれた。

私を殺《あや》めた後悔からか、娘は翌百三回目の巡りから急に優しくなった。この頃から、私は食事を今までよりも少しだけ丁寧に作るようにした。とはいえ、そのことに気づかれては困る。母親の変化に答えがあるという誤った思い込みを娘がしてしまう恐れがあるからだ。私は気づかれない程度を心がけ、丁寧に、丁寧に食事を作った。

「あれ、おかあさん。お味噌汁、味付け変えた？」

「いいえ。いつもと同じよ」

「そうだよね……」

落胆する娘は少し可哀想だったが、気づいて貰えたことが嬉しかった。

娘は読書にのめり込むようになった。しばらくの間、その知識の暴力は私に向けられ、難解な言葉で私を制圧しようとした。程なく、私は一人で食事をすることが多くなっていった。きっと私には歯ごたえがなかったのだろう。娘がいない時も、私はいつも通りの献立をたんたんとこなす。私はいつものように味噌汁の出汁《だし》を取る。二人分の味噌汁を並べ、二人分の味噌汁から立ちのぼる湯気を一人で浴びる。

巡りの数が二百五十に到達した。食器洗いを手伝う娘の目を見ながら私は思う。心の中が磨かれつつあるようだと。とある日の夕食には「いつも美味《おい》しいご飯をありがとう」と、照れながら私への感謝を述べた。とは言え、まだまだ先は長い。娘は私が掃除のために部屋に入るのを、未だに少し煙たがる。私を区別して、一つの意味を感じているわけだ。早く私を空気のように感じてくれればいいなと思う。放浪癖も相変わらずだ。ふらりと旅に出て、一ヶ月丸々帰宅をしないこともあった。

巡りの数が五百を超えた。家出から戻ってきた娘が、開口一番こう言った。

「何が必要かは分からない。でも何も必要ではないのかもしれない」

「そう」

「何かが分かった。でも、何も分からなくてもよいのかもしれない」

「そう」

娘はその日から、部屋のものを定期的に廃棄するようになった。ものに対する執着がなくなったのだろう。巡りの度《たび》に部屋は元通りになるが、娘はその都度に部屋の余計なものを片付けた。執着を一つ失うと、それだけ体が軽くなる。

巡りが七百に到達した。娘は私の干渉を意に介さなくなった。居場所に意味を感じなくなったのか、遠出をすることもなくなった。娘だけにしか分からない不思議な行為も増え出した。例えばそれは、茶碗に残った一粒の白米を、長時間じっと見つめ、最後に笑顔で口に入れるといったもの。娘だけの世界が、形成されつつあるようだ。

　巡りに巡り、九百回目の十二月十九日。私と娘は向拝《ごはい》の下に横並びで座り、無言で雪の降るさまを眺め続けた。白一色の中で育《はぐく》まれる静寂の時を前に、私はもはや巡りの数を数える必要がないことを悟った。私たちはたんたんと、日々を繰り返した。たぶん、おびただしい程の時が過ぎていったと思う。気がつけば、私たちは二人で向かい合い、除夜の鐘を最後まで聞いていた。

　元旦の明け方。深夜から賑わいを見せていた初詣《はつもうで》客が落ち着いてきた最中、仮眠を取っていた娘が台所に降りてきた。娘は呪いの終わりを喜ぶこともなく、私に慈愛に満ちた視線を送ると、静かに席に着いた。巡りの数を意識しなくなったあたりから、娘は鏡の中の私と同じ目をするようになった。その頃から、私の胸も静かに痛む。

「ご飯、食べる？」

「……はい。いただきます」

「何、その喋り方。変な子ねえ。この一ヶ月ずっと変」

　私は娘に茶々《ちゃちゃ》を入れつつ、机の上に料理を並べた。微笑みつつ、配膳を手伝ってくれる娘。一月一日の朝は忙しく、朝食は毎年決まって、取り置きの料理を使う。十一月の終わりに冷凍をしておいたこの——ラップにくるんだカレーライス。そういえば昔、娘に殺される直前、私はこの塊を投げつけられたような。

全てが曖昧《あいまい》になった世界で、私たちは三万日ぶりのカレーを味わった。

「一ヶ月前ぶりでしょう。味は大丈夫？」

「うん。……懐かしいな。おかあさんの……カレー」

一瞬何が起きたのか分からなかった。娘が机に突っ伏し、声を殺して泣き始めたのだ。その声は次第に大きくなり、最後はまるで子供のように。唖然《あぜん》とした。まさか悟りに至った娘が、こんな泣き方をするだなんて。私の献立は一ヶ月単位で考えられている。十一月は三十日で終わり、かつ大晦日は特別なものを食べるため、通常の三十一日目の献立は元旦の朝のためにと、作るだけ作って冷凍して寝かせておくのが通例だ。つまり娘は私のカレーを、長らく食べることが出来なかったことになる。でもそれが何だというのだ。私にはよく分からない。分からない方が楽だと、心の中が言っている。でも、これは、だめだ。娘が大声で泣いている。その意味が、分かる。ああ、私にも分かってしまう。そうか、私の娘は、私の味をちゃんと覚えていてくれたのだ。

「……たかが一ヶ月ぶりじゃない。本当に、変な子ね」

私の声はひどく震えていた。「そういう、おかあさんだって」と娘がぐしゃぐしゃの笑顔で、私の頬を拭《ぬぐ》ってくれる。

十年後、優美《ゆみ》は女の子と――男の子を同時に産んだ。

ある雪男の物語

拓未司

初出『5分で読める！　ひと駅ストーリー　冬の記憶　西口編』（宝島社文庫）

寒い。誰か、助けてくれ――。

体の芯が凍《い》てつくような寒さに、それしか考えられなくなっていた。絶望感と、恐怖心。どこまでも白く美しかった世界は、もはや荒ぶる風雪と深い闇に包まれてしまった。僕は迫りくるものをはっきりと意識していた。ただ震えているしかなかった。

空は晴れ渡り、風は穏やかに。途中までは順調だった。神々《こうごう》しく感じられるほどの白い風景を楽しみながら、僕らは着実に山頂へと近づいていた。だが二回目の休憩を取り終えた頃、天候が急転した。強風とともに雪が横殴りに降りつけ、視界が遮《さえぎ》られた。灌木《かんぼく》帯の陰でしばらく待ってみたが、一向に治まる気配がなく、これ以上は危険だと判断し付近の小屋に避難することにした。

「僕らがあんまり仲良くしているものだから、嫉妬《しっと》されちゃったのかもね。この山には雪女がいるらしいから」

この山には何度も登っていたため、ルートは頭の中に入っていた。僕には冗談を口にする余裕さえあった。それが油断を生んだのかもしれない。行く先にあるはずの小屋はなかなか現れず、どこかで道を外れてしまったことに気づいた。慌てて方位磁石で位置関係を確かめ、改めて小屋を目指した。しかしどうしても辿《たど》り着けなかった。

このまま夜を迎えるのは避けたかったが、激しさを増すばかりの風雪に、なす術《すべ》もなくビバークすることを決断した。真っ白に覆われた視界の中、滑落に気をつけながら慎重に歩き、なんとか適した場所を見つけた。切り立った岩壁の足下が、大きく削り取られたようにくぼんでいた。そこなら、無事に一夜を過ごせそうだった。

だが僕は、またもミスを犯した。今度は致命的なミスだ。決して油断していたわけではなかったが、ビバークの経験がなく不安そうにしていた彼女のためにも、早く安全を確保しようと急ぎすぎていた。不運も重なったのだろう。準備を始めたそのとき、猛烈な突風が吹きつけ、岩壁のくぼみまで回り込んできた。あっと思ったときにはすでにツエルトとシュラフは飛ばされ、風雪に呑み込まれていた。

ツエルトとシュラフがなくては暖が取れない。かといって、あてもなく闇雲《やみくも》に捜しにいくのは自殺行為に等しかった。見つかる保障はなく、それよりも誤って滑落する危険性のほうが圧倒的に高い。諦めるしかなかった。

「大丈夫。よくあることだ。心配はいらないよ」

僕の顔は青ざめていたかもしれない。動揺が伝わらないように微笑んでみせたが、彼女の表情は強張《こわば》っていた。雪洞《せつどう》を作れるほどの雪は積もっていない。命綱ともいえるツエルトとシュラフを失ったまま、このくぼみ内でビバークする他になかった。

運よく携帯電話は圏外表示になっていなかった。救助要請の電話をかけ、できるだけ詳しく場所を説明した。今からだと救助隊の出発は明日の早朝になるとのことだったが、希望を得られて安堵《あんど》した。この夜さえ乗り切れば助けがやってくる。それまでなんとしても寒さに耐え抜かなくてはならなかった。

「もうすぐ夜になる。今よりもっと寒くなってくるけど、頑張ろう。なにがあっても僕はきみを守ってみせる。僕を信じて、朝まで頑張るんだ」

ビバーク時の装備として持ってきたロウソクとアルコールバーナーは、ツエルトがあってこそ。この強風下では使えなかった。そしてそれらが使えなければ、温かい飲み物や食べ物も作れない。僕は夜に備えてヘッドランプでくぼみ内に光を灯《とも》し、彼女と寄り添い合って、互いの体温で気休めの暖を取った。

間もなく夜が訪れた。気温は急激に低下し、すさまじい風雪に乗って容赦なく襲いかかってきた。それは僕の想像を、遥かに超えていた。

寒い。早く、楽にさせてくれ――。

とてつもない自然の猛威の前に、耐え抜く気力を奪われていた。

ただ震えているしかなかった僕は、いつの間にか迫りくるものに安らぎを求めるようになっていた。このまま深い眠りに落ちていきたかった。

「頑張って。あなたのことは、わたしが必ず守ってみせる。だからわたしを信じて、絶対に諦めないで」

彼女の力強い声が聞こえた。僕はずっと彼女を励《はげ》まし続けていたが、気づけばそれが入れ替わり、僕が彼女に励まされてばかりいた。

「わたしは、あなたと一緒に山を降りたいの。お願い、頑張って」

なぜだろう、と思っていた。僕がこんなに、口を開くこともできないほどに凍えているというのに、なぜ彼女は、平気な顔で喋っていられるのだろうか。寒さなど、少しも感じていないみたいに。

だんだんと、意識が朦朧《もうろう》としてきた。低体温症にかかって、虚脱状態になりかけているのだろう。全身の震えもおさまりつつある。危険な状態だった。彼女もそれを感じ取ったのか、僕の名を呼ぶ声が涙声になっていた。

「……あるところに、ひとりの女の子がいました」

おもむろに、彼女が語り始めた。まるで昔話を聞かせるような言い回しだ。なんのつもりだろう。ぼんやりとした意識の片隅で、僕は耳を傾ける。

「女の子は、恋をしました。彼女にとって生まれて初めての恋でした。相手は彼女が働くアウトドアショップのお客さんでした。山登りが趣味だという彼は優しくて、ユーモアがあって、なによりも笑顔が素敵な人でした」

僕らの出会いとよく似た話だった。とても、よく似ている。

「ひと目惚れでした。女の子は彼の笑顔が大好きでした。お客さんがやってくる度《たび》に、彼ではないかと胸をときめかせていたものです。彼の笑顔を見られた日は、一日中幸せな心地に浸《ひた》っていました」

僕も、彼女にひと目惚れをした。彼女の笑顔を見たいがために、あのアウトドアショップに通っていた。そして――。

「あるとき、女の子に思いがけないことが起こりました。彼から食事に誘われたのです。それだけで嬉しく、彼女にとって驚くべきことでしたが、食事の席でもっと驚かされることが起きました。彼から、好きだと告白されたのです」

彼女も驚いていた。あまりに驚くものだから、ごめんなさい、とつい謝ってしまったことをよく覚えている。

「夢を見ているようでした。僕と付き合ってください。そう言われたとき、女の子は嬉しくて恥ずかしくて、ただ頷くことしかできませんでした」

顔が真っ赤になっていた。その様子が可愛くて、ますます好きになった。

「そして女の子は、迷いました。彼に自分の秘密を伝えるべきかどうかを。大好きな彼には、自分のことを好きだと言ってくれた彼だけには、隠しておきたくなかったのです。けれども結局、伝えることはできませんでした。自分の正体を明かすことによって、彼を失うのが怖かったのです」

秘密。正体。もしかすると僕らの思い出を語っているのかもしれないと、そんな気にもなっていたが、どうやら違うようだった。

「実は、女の子は雪女だったのです。正確に言うと、雪女と呼ばれている一族のひとりでした。怪談に出てくるような妖怪ではありません。あれは、その一族が持っている特殊な能力を目にした人々の誤解によって生み出された、想像上の生き物です。古くから噂として言い伝えられていたことが、言い伝えられているうちに、そんな風に変わっていったのでしょう。その一族は人間ではないのかもしれません。自分たちにもよくわからないのです。ですが、見た目も基本的な体のしくみも、生活のしかたも、なんら人間と変わりがありません。人間と結婚し、子を産んで育て、人間と同じように天寿をまっとうします。ただ、その一族では代々必ず女の子が生まれます。そして生まれた女の子は、必ず特殊な能力を持っていました。もちろん彼女にも、その能力は備わっていました」

やはり僕らのことではなかった。彼女は、僕に架空の物語を聞かせている。なんのつもりで、とはもう思わなかった。意識が深く沈み込んでいく感覚が心地好く、なにもかもがどうでもよくなっている。

「体温を思うままにコントロールできる、というのが、その一族が持っている特殊な能力でした。どれだけ暑くとも、どれだけ寒くとも、気温に左右されることなく体を快適な状態に保てるのです。かつて一族は、自分たちにしかないその能力を最大限に活用していました。女ばかりですので裸というわけにはいきませんでしたが、一年中、現代でいえばTシャツ一枚、といった薄着で過ごしていたのです。彼女たちのそんな様子は、夏には薄着が当たり前ですので目立ちませんでしたが、冬には驚かれました。それによって人々は、その一族が実際には暑さにも寒さにも平気だというのに、寒さだけを感じない人種だと誤解したのです。雪山の極寒にも平然としていられる彼女たちを、いつしか人々は雪女と呼ぶようになりました」

彼女の声が遠く聞こえていた。僕は、ゆっくりとまぶたを閉じた。

「そのうち、いわれのない迫害を受けるようになりました。普通の人間にはない能力を持っているというだけで、不当に差別されたのです。やがて一族は、自分たちを守るために能力の活用を最小限に抑え、目立たないように生きていくことにしました。夏には汗をかき、冬には厚着をして、普通の人間でいえば、暑さにも寒さにも強い人、といった程度の印象を持たれるようにしたのです。そうすることが、人々と共存できる唯一の手段だったのです」

半ば昏睡《こんすい》していながらも、彼女が泣いているのがわかった。

「女の子は母親から聞いたことがありました。かつて一族の夫となった普通の人間たちの中には、自分たちと同じ能力を持った者が何人かいたと。彼らは口を揃えてこう言っていたそうです。妻から譲り受けたと――。だから……だから、女の子は決めました。彼のことが大好きだから。大切な人だから」

意識が消失する寸前に、僕は感じた。とても柔らかく温かいものが唇に触れ、そして心にも触れたのを。

「頑張れなかったら、ごめんなさい。今までありがとう」

携帯電話が鳴る音で、僕は目覚め、夜が明けていることを知った。依然として風雪は猛威を振るっていたが、不思議と春の陽気のように暖かかった。

「はい、もしもし」

救助隊からの電話だった。すぐ近くまで来ているらしい。彼女にも教えてあげようと声をかけたが、返事はなかった。

彼女は、雪のように冷たくなっていた。

それから僕は、彼女の命日には欠かさずあの山に登り、彼女が亡くなった岩壁のくぼみに花を手向《たむ》けにいった。どれだけ風雪が吹き荒れていようとも。

あの山には雪男がいる――。

いつしか、そんな噂が流れるようになっていた。

おさらば食堂　咲乃月音

初出『5分で読める！　ひと駅ストーリー　食の話』（宝島社文庫）

気いついたらその食堂の前に立ってた。何でそこにいてるんやろって頭をめぐらせてみたけど、目が覚めたとたん忘れてしもた夢を辿《たど》るような心もとなさがあるだけで。ぼんやりと辺りを見廻す。食堂の前には川が流れてる。きらきらと光を映す川面《かわも》の水は綺麗に澄んでて、そんな水の色をした川を見るのは久しぶりな気がする。その川の向こうに広がる田んぼ。渡ってく風が波を作る緑の稲《いね》の海。遠くのほうにぼんやり見える山並みにも目を凝《こ》らしてみたけど心覚えはなかった。田んぼの中の一軒家のような目の前の食堂を改めてしげしげと眺める。田舎《いなか》の無人駅みたいな古びた木造りのこぢんまりとした建物。その軒先にかかってる洗いこまれた風な白い暖簾《のれん》。その隅に書かれた文字、「お　さ　ら　ば」――おさらば食堂？　変わった名前やな。どないしょうかなと辺りをもいっぺん見廻す。別にお腹もへってへんかったけど、目の前の食堂が唯一の頼みの綱のような気がして、俺はとりあえず暖簾をくぐった。

「いらっしゃいませ」

迎えられた声の幼さに戸惑う俺に、その声の主のちいちゃな女の子がにこりとする。おかっぱ頭でいちご模様の赤いエプロンをつけてる姿はどう見ても幼稚園児ぐらいで。

「こちらへどうぞ」

訝《いぶか》りながらも、おしゃまな口調の女の子の案内でカウンターの席につく。女亭主やろかカウンターの中の小柄な女《ひと》が、いらっしゃいませと女の子と同じ笑顔でおしぼりを差し出した。手指を拭いてもまだほかほかと湯気を立ててるおしぼりを顔の上に広げる。じんわりと心地のええぬくもりが身体中に広がるようで思わずふうと声を漏らした俺に、遠いところお疲れやったでしょうと、女亭主がしみじみとした声を出した。途端、おしぼりの下、俺の目尻からつうっと涙がこぼれた。なんで俺泣いてるねん。うろたえる自分と涙を誤魔化そうと慌てて顔を拭《ぬぐ》いながらカウンターの上のお品書きを手に取る。豚の生姜《しょうが》焼き、カレーライス、焼き魚定食、親子丼と、馴染《なじ》みのあるメニューの文字を追うてた俺の目がぎくりととまった。

『本日のおすすめ――はったい粉』

「あの、この本日のおすすめって……」

おずおずと訊《き》いた俺に女亭主が柔らかく笑《わろ》うた。それにしはりますかという声に一瞬迷うた後に俺はこくりと頷いた。

はったい粉って言うても今の若い人は知らんかな。炒《い》った大麦をひいて粉にしたもんで、ちょっときな粉に似てる。色はもうちょっと茶色が濃い感じで砂糖を混ぜてお湯を注いだらとろんとして何とも言えん香ばしい匂いがして、ちいちゃい頃の俺の大好きなおやつやった。俺だけやなくて俺のオカンもはったい粉が大好きやった。

オトンが死んだあと、家で和裁の内職をしながら俺を育ててくれたオカンは一日中ひたすら前かがみでチクチクと針を動かしてた。その眉間《みけん》にはいつも皺《しわ》がよってしもてたけど、仕事の合間の僅《わず》かなひと休みに、「修《おさむ》、はったい粉食べよか？」と訊くときだけはその顔が和《なご》んでた。しゅんしゅんと沸いたお湯が注がれたはったい粉をスプンでくりくりと混ぜながらオカンと膝突合せながら食べるそのひと時。美味《おい》しいなって目配せするオカンに、普段はやんちゃで悪がきな俺も幸せな気持ちで頷いてた……のに。

ある日、悪がき仲間の清《きよし》と真治《しんじ》が俺のアパートに遊びに来た。遊びに来たというより何でか来てしもたという感じ。外で遊んでたらたまたま急に降り出した強い雨に一番近い俺の家に駆け込むことになった。一畳ほどの台所と、オカンが内職するんもご飯を食べるんもふたりが寝るんも全部そこでする六畳の部屋があるだけの狭いアパートには友達なんて呼んだことなんてなかった。清と真治がその狭い家を見てどう思うやろか、それにオカンもどんな顔をするやろかって、ちょっと心配やったけど、俺が清や真治と一緒に戻って来たんを見たオカンは一瞬驚いた後、すぐにニコニコと嬉しそうな顔になった。お友達が来てくれたんやったら、ちょっと休憩にしょうかと慌ててオカンが仕舞い出した年季が入った裁縫《さいほう》道具や、ちょっとばかしの食器が収められたちいちゃな水屋《みずや》や、色紙であちこちツギハギされた襖《ふすま》を、清と真治は珍しいもんを見るみたいな目で見てた。そのふたりの目の中には可笑《おか》しそうな色が浮かんでるみたいに見えて、やっぱりどっかよそ行こかって俺が言いかけたんを遮《さえぎ》るみたいにして、おやつでもしょうかってオカンが言うた。

おやつという言葉にわくわくとした色を浮かべてた清と真治の目がちゃぶ台の上に置かれたはったい粉に点になった。

「あれ、ふたりともはったい粉食べたことないのん？　こうやって砂糖入れてな。おばちゃんがお湯注いだるから、スプンでよう混ぜて」

大きなヤカンで沸かしたお湯を清と真治の手元のはったい粉の入ったお碗《わん》にいそいそとオカンが注いだけど、ふたりは目配せしながらもじもじするばっかりでスプンを取る気配はなくて。

「なんか……ボンビくさ」

清がぽつりと言うた。スプンを握りかけてた俺の耳のあたりがかあっと熱うなった。

「ほんま、ボンビまんかんやんけ」

真治がぎゃははと笑うた。貧乏神をもじってボンビっていう子供の間の流行《はや》り言葉なんてどうかオカンが知りませんようにって思いながら、ぎゅうっと握った自分の手に目を落としてる俺に、こんなボンビなもん毎日食うてんのか、修はボンビが好きなんかと清と真治がかわるがわる俺の顔を覗き込んだ。

「俺らに遠慮せんと、修は食えよ」

いつもみたいに軽口で返そうと思うのに声が出えへんかった。

「そやそや、好きなんやろ、ほら、あーん」

黙りこんでる俺にすっかり調子にのった清と真治がそんなことを言いながらスプンまで差し出してきたんを思わずパシリと払いのけた。

「いらんっ。こんなん、ちっとも好きちゃう」

べちゃりとちゃぶ台にこぼれたはったたい粉。あって思うた瞬間、パシンと頭に衝撃。

「しょもないことで見栄《みえ》はるなっ」

頭からじんじんと俺の中に広がってく熱。なんで俺がオカンにどつかれなあかんねん。あっと言う間に気持ちがねじくれた。

「見栄なんかはってへん。俺ははったい粉なんか大嫌いや」

「ほなら今までずっとはったい粉好きやって言うてたんは嘘やったんか」

「そや、嘘や。ほんまはケーキやアイスがええんや」

大嘘やった。清や真治の家に遊びに行ったときに出してくれるそんな洒落《しゃれ》たおやつは確かに物珍しいし美味しかったけど、俺はオカンと食べるはったい粉のほうがやっぱり好きやった。

「ケーキやアイス？」

俺の言葉を繰り返したオカンの目に浮かんだ悲しそうな色に俺は慌てたけど、

「そうか、ほな、もう修はこれからはったい粉食べんでよろし」

すぐにいつもの調子でオカンがぴしりと言うたんに、

「言われんでも一生食べへんわ」

そんな風に返してしもた。ほんまはごめんって謝りたかったのに。オカンと俺のやり取りを目を丸うして見てる清と真治にまたしょもない見栄をはってしもた。

それからオカンと一緒にはったい粉を食べることはほんまにもう二度となかった。おやつは冷蔵庫の中にケーキやアイスが用意されるようになった。オカンはひと休みをすることもなくなった。それまでよりも一層眉間に皺をよせて、俺のことなんて見向きもせんと手を動かすオカンの横顔を見ながら食べるおやつはちっとも美味しなかった。オカンに意地悪されてるような気がした。意地悪なんかやなかったのに。見向きもせえへんのやなくて、こっちを見る暇さえなかったからやのに。はったい粉の代わりに俺にケーキやアイスを買うために、ひと休みの間も削ってオカンが働いてくれてるって、その頃の俺にはわかれへんかった。わかれへんまま、そのはったい粉の気まずい思い出は記憶の中にいつの間にか埋もれてって思い出すこともなかった。あの日まで。

それはオカンの最期の言葉やった。もう何べん目かの今夜がヤマで、このまま意識が戻らんまま逝《い》ってしまうんかと思うたのに、ふと、ほんまにふと、目を覚ました。

お母ちゃんって覗き込んだ俺の顔をしばらく不思議そうにしげしげと見たオカンが言うた。

「修、はったい粉食べよか？」

うん、食べよっていう俺の返事も、お母ちゃん、ごめんやでって泣き崩れた俺の声も、すぐにまたストンと意識がなくなったオカンにはきっと届けへんかった。

はったい粉の入ったお碗がコトリと俺の前に置かれた。

「熱いから気いつけてね」

言いながら女亭主がヤカンからお湯を注いでくれる。手元のスプンでくるくると混ぜたら懐かしい香ばしい匂いが立ち込める。おそるおそるひと口食べる。とろりとほろ苦い甘さが口の中に広がる。止めようがなかった。ぼろりぼろりと涙がこぼれた。それでも食べた。泣きながら、心ん中でオカンにあやまりながら、俺はひたすらはったい粉を食べた。ひと口食べるごとに心の隙間が埋まってくみたいな感じがして、食べ終わる頃には不思議な幸せに満たされてた。

「よろしゅうおあがり」

すっかり空になったお碗を前に、呆《ほう》けたようになってた俺が女亭主のその言葉で我に返った。

「ごちそうさまでした。これでもう思い残すことはありません」

その言葉はまるで決められてた台詞《せりふ》のように自然と俺の口から出た。出てからその言葉の響きに小首をかしげた俺に女亭主がにっこり笑う。

「それはようござんした。では、これにて」

え？　これにて？

何が起きてんのか訳がわからへん俺に、いつの間にか傍《そば》に立ってた女の子が生真面目な顔でそのちいちゃな手をかざして敬礼した。そして——

「おさらばっ」

そう口にした途端、俺は眩《まぶ》しい光に包まれた。ひゅーんとどこかに昇ってく。目もくらむような光の中、ぱらぱらとノートをめくるように俺の今までの人生が目の前に浮かぶ。オカンに抱かれた俺、幼稚園バスに乗る俺、卒業証書を持った俺、バイクに乗る俺、初めてキスする俺、満員電車に乗る俺、嫁はんをもうた俺、子供を抱く俺、オカンが死んだ日の俺、そして、そう、トラックにはねられた日の俺。

目を凝らしたら、もう遥か下のほう、食堂の前で手を振ってる女亭主と女の子の姿が見えたような気がした。

ああ、やっと、オカンにもういっぺん会えるんかな。会うたら今度こそ言わなあかんな。お母ちゃん、一緒にはったい粉食べよって。

二本早い電車で。

森川楓子

初出『5分で読める！　ひと駅ストーリー　降車編』（宝島社文庫）

「あの事故から、もうそろそろ十年ですねえ」

ふいに、そんな声が耳に飛びこんできた。

優先席に座ってる白髪の女性だ。連れの男が相槌《あいづち》を打った。

「そんなになるか」

「なりますよ。確か、今ぐらいの季節じゃなかったかしらね」

「ああ、そうそう。ゴールデンウィークに入る前だったな」

夫婦だろうか。二人とも元気そうだけど、記憶は曖昧《あいまい》らしい。あの事故から『そろそろ十年』じゃなくて、正確に十年目だ。そして『今ぐらいの季節』じゃなく、まさに十年前の今日、四月二十三日に起きたのだ。あの悲惨な事故は。

「この先の、大きいカーブのあたりだっけ？」

「カーブを越えた、橋の手前ですよ」

「十人ぐらい死んだよな」

「若い学生さんも巻きこまれて。気の毒でしたね」

大きなカーブというのは、地元の人間が「大曲《おおまがり》」と呼んでいる箇所のことだ。車両が傾《かたむ》くぐらいの急カーブなので、ここを通過するとき列車は極度にスピードを落とす。

私は二人の会話を聞きながら、窓の外に目を向けた。新緑があざやかに輝いている。

四月の終わりは、一年で一番美しい季節だ。

十年前、私はこの路線で通学していた。もちろん私だけじゃなく、T中学校に通う生徒の大半がこの電車を利用してた。

私がヨシノブと初めて顔を合わせたのは、入学式の当日だった。ヨシノブの野郎は、私のちょうど真後ろの席に座っていた。そして式が始まる直前、静けさを破る素《す》っ頓《とん》狂《きょう》な声で叫んだのだ。「こいつの髪、赤ェェ〜！」と。その場の笑いを取るためだけに。

私は母方の遺伝で、生まれつき髪が赤い。そのことで、幼い頃からずいぶん嫌な思いを味わってきた。からかいやイジメを無視するスキルはしっかり身につけていたつもりだったけど、どういうわけかヨシノブの声は非常にカンに障《さわ》った。

もしも私がアンで、やつがギルバートだったら、迷わず石版をあやつのドタマに打ち下ろしただろう。残念ながら私はアンじゃないし、手元に石版なんてなかった。だから私は振り向きざま、ありったけの軽蔑《けいべつ》をこめて言うに留めた。「黙りやがれ、このサル野郎」と。

どちらが先に手を出したのか、もう覚えてない。言い争いはいつのまにか掴み合いの喧嘩に発展しており、体育教師に力尽くで引き離されるまで続いた。この件により、私たちは一躍有名人となった。

ヨシノブは、バカでお調子者の野球少年。私は偏屈で人付き合いの悪い文学少女だった。接点などまるで無いはずなのに、なぜか私たちはしょっちゅう角《つの》突き合わせ、口論ばかりしていた。クラスの女子からは「ケンカップル」とからかわれ、「付き合っちゃいなよ」とそそのかされたりもしたが、私は鼻で笑い飛ばした。私とヨシノブがカップル？　ばかばかしいにもほどがある。

喧嘩ばかりしながら、私たちは中学を卒業した。私は通学に一時間以上かかる女子高に合格し、ヨシノブはクラスのほとんどが進学する共学校へと進んだ。

私は毎朝、中学校のあるT駅を通り過ぎて、ずっと遠いM駅まで通うことになった。通学に使う路線は同じだけど、かつての同級生たちと車内で顔を合わせることはなくなった。私のほうが、彼らよりずっと早く家を出なくてはならなかったから。

私が乗る電車は、中学の通学電車のように混んでおらず、いつも余裕で座れた。私は毎朝、車内で文庫本を読むのを日課とするようになった。

私はもともと人付き合いが下手《へた》で、中学の三年間でほとんど友人ができなかった。高校でも同じこと。入学から半月経《た》って、そろそろクラス内で仲良しグループが形成され始めていたが、私はどこにも属さずにいた。

ある夕方。突然ヨシノブから電話がかかってきた。彼からの接触は中学卒業以来だったし、電話なんて初めてだったから、私は驚いた。

「なんか用？」

「用なんかねえよ。ヒマだから電話しただけ」

「ふーん」

「おまえ、高校どう？」

「どうって、別に」

「女ばっかの学校って、どう？」

「どうって、別に」

つまらない話をしばらくした後で、ヨシノブは急に思いついたように言った。

「そういえばさ、おまえ、いつも何時の電車に乗ってんの？」

「はあ？　七時十二分だけど」

「明日、それより二本早い電車に乗れよ」

「はあ？　なんで？」

「なんでもいいだろ。そんで、進行方向右側の窓、見てみろ」

「なんの話？」

「いいから、言う通りにしろ」

「バカじゃない？　二本早い電車なんかに乗ったら、いつもより三十分早く学校に着いちゃうんですけど」

「いいじゃん、たまには」

「あのねえ」

「必ずだぞ」

電話は切れた。

勘《かん》のいい子なら、ピンと閃《ひらめ》いただろう。何しろその日は四月二十二日、私の誕生日の前日だったのだから。

でも私は首をかしげた。私は自分の誕生日をほとんど意識してなかったし、第一、ヨシノブが私の誕生日を覚えてるなんて思いもしなかった。

ともかく、翌朝はいつもより三十分早く家を出て、二本早い電車に乗った。乗客は、いつにも増して少なかった。

ヨシノブのバカ、何考えてるんだろう。眠気の残る頭の中で彼を罵《のの》りながら、私は言われた通り、進行方向右側のドア付近に立ち、窓外のあざやかな緑を眺めていた。読みかけの文庫の続きは気になったけど、それよりもヨシノブの奇妙な電話のほうに心ひかれていた。

やがて電車は大曲のカーブに差しかかり、速度をぐっと落とした。そのとき、隣の線路に対向列車が走ってきた。

何気なく外を見ていた私は、すれ違ってゆく電車の最後尾を見て驚いた。一枚の窓に一文字ずつ、大きな飾り文字が躍っていたのだ。

「誕」「生」「日」「お」「め」「~」「!」

そして一番後ろのドアのところにヨシノブが立ち、ニカッと得意げな笑いとVサインをこちらに向けていた。

私はあきれた。ヨシノブの意図が、やっとわかった。

大曲に差しかかると列車は速度を落とす。すれ違う電車の窓に貼られた文字をちゃんと読み取ることができるのは、この地点だけなのだ。

ヨシノブは時刻表を調べたり、下見をしたりして、ちょうどこの大曲で電車がすれ違うダイヤを割り出したんだろう。あのバカにしては綿密だ。あいつ、意外と、時刻表で人を殺せるんじゃないか。今どき、そんなトリックは流行《はや》らないか。

なんて思いながら、クスッと笑った。

その直後、あの事故が起きた。

老夫婦はまだ事故の話を続けている。

「結局、原因は何だったんでしょうねえ」

「置き石だとか、車体の整備不良だとか、運転ミスだとか、いろいろ言われてたけどな」

「わからず仕舞いでしたね」

まもなく列車は大曲に差しかかり、ガクンと速度を落とした。隣の線路に、対向列車がやって来た。

電車はゆっくりすれ違った。最後尾のドアのところに、スーツ姿のヨシノブが立っていた。速度が遅いおかげで、放心したような表情をよく見ることができた。

通勤時刻にはまだ一時間以上の余裕があるはずなのに、毎年、四月二十三日には彼は早く家を出てこの電車に乗る。そして必ず最後尾のドア付近に立って、すれ違う電車をじっと見つめている。

私が手を振ると、彼の表情がふっと翳《かげ》った。

私のこと、見えてるんだろうか。あいつ、霊感なんてありそうにないけど。

あの日、ヨシノブが「二本早い電車に乗れ」と指示したために、私はあの事故に遭《あ》い命を落とした。普段通りに行動していれば、避けられたものを。

彼は今、地元の食品メーカーに勤める新米社員だ。仕事はそこそこ、給与もそこそこ、友達は多いけど彼女はいない、平凡なサラリーマン。

どういうつもりだか知らないが、彼は毎年この日のこの時刻に一番後ろの車両に乗って、対向列車をじっと見つめることを自分に課している。この十年間、ずっと。

彼に、伝えたいことがある。

ひょっとして、私が恨《うら》んでると思ってるわけ？　毎年この日、この電車に乗り続けてるのは、私への懺悔《ざんげ》のつもり？　だったら勘違いはやめてよね。私、そんなに執念深い性格じゃないから。

それはまあ、死んじゃった直後は「あのバカのせいで！」と腹立たしく思ったりもしたけど。今は全然、そんなことない。あんたが無い頭を絞って考えてくれたサプライズメッセージ、わりと、嬉しかったし。

私がいまだに成仏《じょうぶつ》しないのは、別にあんたのせいじゃなくて、単に方向音痴であの世への道を見失ったためだから。それだけだから。

あんたが一人前になって、可愛い奥さんもらって子供作って、やがてこの早朝の電車に乗るのをやめる日がきたら――そしたら私も、本腰入れて成仏するつもり。

いつになるのか知らないけど。それまでは私、ここにいる。

一年後の夏　喜多南

初出『5分で読める！　ひと駅ストーリー　夏の記憶　東口編』（宝島社文庫）

こぢんまりとした市立図書館の、自動ドアを抜けた。ここまで全速力で走ってきたから、立ち止まったことで汗がどっと噴き出してきた。

外の気温は四十度超えの、猛り狂う暑さだった。火照《ほて》りきったあたしは顎に伝った汗を拭《ぬぐ》いつつ、入り口脇にある受付の卓上カレンダーで、今日の日付と年数を確認。

やっぱり、跳んでいる。毎年恒例になっている、時間移動だ。

静かで涼やかな館内を見渡せば、夏休みの昼下がりにしては、たいして人が多くない。学生の姿がちらほらあるけど、ざっと見た感じ知った顔はなかった。

あたしが早足で目指すのは、図書館の一番奥の棚の前。

古い資料集が並んでいて、薄暗くかび臭いので人も寄り付かないようなところだ。

待ち合わせは、いつもそこに決めていた。

最高気温を記録するような夏の一日がやってくると、あたしはちょうど一年後の未来に跳ぶ。

ただし一年に一度、たった一時間。

それは不意に起こるし、自分ではコントロールができない現象だった。少しだけ未来の世界を経験して、あたしは元の時間に帰ってくる。小さい頃からずっとそう。

いつ頃からか、あたしは一年先の『あたし』と待ち合わせをするようになった。

時間移動した日を覚えておいて、その一年後になったら、過去の『あたし』に会いに、待ち合わせの図書館へ行く。

　そうすることで、ここ一年間の情報を、未来の『あたし』から先取りできるのだ。これを活かさない手はない。まぁ、得た情報で都合の悪いことを改変しようとしても、大抵うまくいかないんだけど。

　たちならぶ本棚の角から、ひょい、と顔をのぞかせると、いつもなら「よっ」と片手を上げて、照れくさそうに笑う『あたし』がいるはずだった。

　――でもそこに、『あたし』はいなかった。その代わりに、矢崎《やざき》がいた。

　制服の似合わないでかい図体で、狭苦しい本棚の間に居心地悪そうに立っている。

　……なんで、ここに矢崎が？　一番いちゃいけないヤツじゃないか。

　だってあたしは矢崎が好きで、ガラにもなく片想いしちゃってて、矢崎との進展具合を一年先の『あたし』に聞きにきたのに。野球命の〝脳筋〟矢崎と、素直になれないあたしとじゃ、大した進展はないだろうとなかば諦めてはいるけど。高校生になったんだし、そろそろ告白したいなとか悩んでたりしてて。

　ともかく、当の人物が待ち合わせ場所にいるんじゃ、恋愛相談も何もない。

　矢崎もあたしに気付いたのか「うわっ」と、大げさなほど飛びのいた。まるで幽霊に遭遇したみたいな驚きようだ。

「なんであんたがここにいるの？」

「……マジか」

呆然《ぼうぜん》としている矢崎が、口元を覆い隠す。

その仕草は、ふてぶてしいコイツらしくない。どうして驚いているのだろう。

小学生の頃からの腐れ縁なのだ。粗暴な扱いをしてくる悪友みたいな関係でずっとやってきた。普段だったらエルボーとかかましてくるやつなのに、何を大人しく立ち尽くしているんだ。

微妙な空気が流れて、ピリピリとした緊張感があった。あたしは妙に苛立《いらだ》ち、その後少し胸が痛くなった。

目の前にいるのは、一年先の矢崎なのだ。もしかしてあたしと矢崎の友人関係は、一年の間に壊れてしまったのかもしれない。こんな風に気まずい空気が流れる関係になってしまったのだとしたらやるせない。何をやらかした、『あたし』。くそう。

「正直、信じてなかった。でも実際目にしたら信じるしかない、よな」

「は？　なんの……」

言ってる途中で気付く。矢崎は真剣な眼差しだった。どうやら目の前の矢崎は、ずっとあたしが自分だけの秘密にしてた、時間移動能力を知っている。あたしが、一年先の『あたし』じゃないって、分かってる。でもなんで。

疑問がそのまま顔に出てたらしい。矢崎が苦しげに表情を歪《ゆが》めた。

「今日この時間に、一年前のお前が来ることは聞いてた。でも、ここで待っててもあいつは来ない。来れないいんだよ」

「なんで？　なんで『あたし』は来れない――」

不意に、矢崎があたしの手首をつかんだ。

そのまま、ぐいっと引き寄せられ、気付いたらあたしは矢崎の胸の中にいた。

「は？」

なんで矢崎に抱き締められているんだろう。

矢崎の心臓の音が耳元で大きく響いて、汗のにおいとか、かびくさい本のにおいとか、衣服のこすれる感触とか、体温とか、何もかもが近くて。

何で。何で。あたしはパニックに陥《おちい》った。

「ちょ、矢崎？」

あたしは矢崎の顔を仰《あお》ぎ見る。あたしの片方の頬を、大きな手が覆ってきた。

「ずっとお前のこと、好きだったんだよ。失ってから気付いた。後悔ばっかりだ。俺の時間は、ずっと止まったままだ」

矢崎は、ひどく情けない顔してた。

心臓が痛いほど早鐘《はやがね》を打って、混乱してて、でも一つ気付いてしまったことがある。

この時間に、『あたし』は存在していない。

あたしは矢崎から離れた。顔を直視できなくて、うつむく。

「死んだんだね、あたし」

「……三ヶ月前病気が分かって、それからあっという間だった。お前が死んだのはほんの数日前のことで、正直まだ実感がない。時間移動のことは、死ぬちょっと前に聞いたんだ。だから、俺はお前に会いに来た。お前、過去に戻るんだろ？　だったらさ、だったら、未来を変えることも可能なんじゃないか？　早く病院に行くとか、何かどうにかすれば、お前が死なない未来だって作れるんじゃないかって」

　矢崎が色々言ってくる間に、涙が頰を伝っていた。自分が死ぬなんて聞いて、平然としていられるわけがない。信じたくない。しゃくりあげて、か細い嗚咽《おえつ》が号泣《ごうきゅう》に変わって、あたしは死にたくないと泣き喚《わめ》いた。

　その間、矢崎はずっとあたしのそばにいてくれた。泣くのを堪《こら》えているように、ぎゅっと唇を噛んでいた。

　時間が経《た》って、あたしは辛いながらも、少し冷静さを取り戻した。

「矢崎、そういえば野球は？　夏休みは毎日練習でしょ？　二年の夏は絶対甲子園目指すって言ってたじゃん、こんなところにいていいの？」

「野球はやめた。お前が病気なのに、そんなことしてられないだろ。死ぬまで、ずっとそばにいた」

吐き捨てる矢崎を前に、あたしは呆然とした。

「とにかく、未来を変えるんだ。絶対変えられる。だから、一年前の俺に告《こく》ってくれよ。俺、野球のことばっかりで、全然鈍《にぶ》くて、でもお前に言われたらきっと……」

ぐしぐしと鼻を鳴らしながら、あたしは決意をこめてしっかりうなずく。元の時間に戻ったら、やらなきゃいけないことがある。

得た情報で都合の悪いことを改変しようとしても、大抵うまくいかない。それでも、ほんの少しだけでも、可能性があるなら、未来を変えたい。いや、変えてみせる。

だから、あたしは。


あたしは病気にかかって、余命わずかという宣告をされた。

十七歳、青春真っ盛りの夏なのに、お先真っ暗。ほんの一年前までは元気に走り回っていたのが嘘みたいだ。

心残りといえば、もうすぐ過去から『あたし』がやってくる日なんだけど、その日まで生きていられそうにない、ということだ。どうにかあたしの状態を知らせる手段があればいいんだけど、症状が悪化して病室から出られないし、時間移動能力は誰にも話していない秘密なので、何かしら方策を練らなきゃいけないと思う。

蟬《せみ》の声が、窓の外から遠く聞こえる。あたしはベッドへ体をしずめ、一息つく。

今のあたしは前のあたしとは別人みたいな姿になっている。

全身が痛みで悲鳴を上げている。やせ細って腕をあげることすらままならない。食事も喉を通らない。大量の投薬治療で毛がなくなった。吐き気がずっと止まらない。

ベッドの横には、備え付けのテレビが置いてある。日中はずっとつけっぱなしにしているそれを横目で見ると、少しだけ辛さを忘れることができた。夢中になれた。

放送されているのは、高校野球の地方予選の中継だ。

ずっと心の中で応援しているピッチャーの姿をテレビの中に見つけて、あたしは嬉しくなった。

「矢崎、がんばれ」

その名前をあたしは呟《つぶや》く。かすれた声で精一杯の、エールを送る。

矢崎はマウンドに立ち、手の甲で汗を拭《ぬぐ》って真っ直ぐに前を見据えている。カッコイイじゃん。さすがはあたしが恋した矢崎だ。

あたしは、発病する前に、慎重に矢崎との距離を置いていった。今の矢崎はあたしが病気なことすら知らない。

あたしが病気になって、野球をやめてしまった矢崎はこの世界に存在しない。

だから、あたしは病室で一人だった。きっと、最期まで。

矢崎率《ひき》いる我が高校の野球部は、この試合に勝てば、甲子園出場が決定する。
胸が熱くなる、手に汗握る展開だった。
全力で投球している矢崎を見ていると、清々《すがすが》しい気持ちになる。
その姿を見られただけで、あたしは、満足だ。

ファースト・スノウ　沢木まひろ

初出『５分で読める！　ひと駅ストーリー　冬の記憶　西口編』（宝島社文庫）

「困ります、そんな……私には妻と子供が。家のローンだってまだ」

「うるせえな。ぎゃーぎゃー騒ぐんじゃねえ、じっとしてろ」

「嫌です！　お願いです勘弁してください！　サワコー！　ショウター！！！」

男は死んだ。さんざん駄々をこねたわりには、えらくあっさりと。太平楽《たいへいらく》な死に顔を見おろして俺はため息をつき、はい、終了、とつぶやく。


俺の仕事は殺し屋だ。

怯《おび》えさせずに逝《い》かせてやるのがプロだというけど、そこらへんは自己流でやらせてもらってる。人前に顔は晒《さら》さない。誰とも会わない。唯一、年にいっぺんだけ会えるのが息子だが、これも話はさせてもらえない。名乗ることすら許されず、ただ確認するだけなのだから、「見る」と言ったほうがいいか。

今日はその「見る」日。息子の姿を発見すると、そっとあとをつけた。最初のときは赤ん坊だった彼も、早いもので小学生になった。

人の行き交う舗道を、息子はひとり、小さな布袋を提《さ》げて歩いていく。相変わらずチビで細くて、向かい風に飛ばされそうだ。俺はガキのころから背の高いほうだった気がするので、嫁似なのかもしれない。でも嫁の身長がどれくらいだったか、そもそもどんな顔の女だったのか、じつはよく思いだせなかったりする。

元気よく揺れる布袋。何が入っているんだろうとぼんやり思いつつ歩いていたら、ふいに息子が振り返り、こちらを見あげた。

「なんでついてくるの?」息子は言った。「おじさん、誰?」

尾行がばれた上「おじさん」呼ばわりされた衝撃に、しばし声を失った。

「――殺し屋だよ」

せいぜいドスをきかせて言ってみた。息子は、何それ、食べたことないんだけど、みたいな顔で首をかしげるだけだ。生まれて七年かそこらのガキの辞書に「殺し屋」という呼称は載っていないらしい。

「何持ってんだ、それ」きまり悪さをごまかすため、話題を布袋へ転じた。

「お金」息子は答えた。「お母さんにクリスマスプレゼント買うの」

「小銭かよ。小銭ばっかだと断られるぞ」

「コゼニって丸いお金のこと?」

「ああ。二十枚以上出されたら、店はイヤだと言う権利がある。法律で決まってる」

「そうなんだ。でも、大丈夫だと思うよ。前に買ったときもコゼニだったもん」

言って息子は歩きだした。少し迷ってから、俺はあとに従った。父親と名乗りさえしなければ、とがめられることはあるまい。

街はどこもかしこもクリスマス仕様だった。きらめくショーウインドウ。浮かれた音楽。久々に季節を感じた気がした。そういえば、なぜクリスマスなんだろう。今日は彼の誕生日でも俺の誕生日でもない。「見る」日はほかの日でもいいはずなのに。

花屋で、息子は真紅のバラの、まだつぼみのやつを三本買った。

店の主人は九百円分の小銭をすんなりと、しかも笑顔で受け取った。もし断ったら脅してやるつもりでいたのに、俺の出番はないらしい。退屈しのぎに、飾られていたクリスマスツリーを五十センチばかり移動させてみたが、誰も気づかなかった。

花束にされた三本のバラを、息子は大事そうに胸の前に抱えた。それを見た瞬間、ずきりとした痛みを頭に感じた。

「おじさん、暇？」

暇なのはわかりきってるがいちおう訊《き》いてやるという口調で、息子が言った。

「暇ならつきあってよ。もうちょっと時間つぶしたいから」

俺は花束を見ていた。何かが思いだせそうな感覚だった。

「帰らなくていいのか」

「お母さん、会社だから」

「遅いのか」

「八時くらい。帰ってもすることないんだよね。ゲームしてるとお母さん怒るし」

川べりの土手まで来ると、息子はすとんと腰をおろした。その隣に座った。強い風はおさまり、川の水も鏡のように静まっている。

謎の頭痛は、ずっと続いていた。思いだしたら最後のような、でも是が非でも思いだして確かめたいような。

「おまえさ」敢《あ》えて尋ねた。「お父さんはどうしたんだよ」

「お仕事で死んじゃった」

「えっ？」

「お母さんがそう言ってた」

混乱した。お仕事で死んじゃった……？

「おじさんは？　お仕事、何してるの？」

「俺は……殺し屋だっつったろ」

「コロシヤって知らないよ。お店？」

きい、と背後で自転車が止まった。着ぶくれた初老の女だった。

「タツヤくん？」

女が息子の名を呼ぶ。タツヤという名の表記を、俺はいまだに知らない。

「なあに、そんなとこ座って。お母さん今日も遅いの？」

「年末だしね」息子は知ったような答えかたをした。

「だったら、おばちゃん家《ち》いらっしゃい。お汁粉《しるこ》つくったげるから」

「えー、クリスマスなのにお汁粉って」

「ぜいたく言うんじゃないの」

「わかった。じゃあ、話終わったらすぐ行く」

話？　と女は眉間《みけん》にしわを寄せたが、そのまま自転車をこいでいった。

しわが寄るのは当然だ。彼女の目に映っていたのは、土手にぽつんと座るひとりの少年。俺は見えない。息子はたまたま見えているようだが、普通は見えない。死者をあの世へ案内する、きれいな言いかたをすれば〝天使〟の役目を負う者だからだ。

せちがらい話で、天使にも格がある。てっぺんは「生まれたときから天使」という高徳な連中で、俺たち「もと人間」、しかも一番の下っ端《ぱ》は、ひたすら天と地上を往復して、魂の送迎を務めなければならない。生前の罪を償《つぐな》うための労働なんだそうで、きっちり悔い改めれば、もう少し天使っぽい暮らしが送れるらしい。ところが俺は、自分がどんな罪を犯したのか憶えていない。わかっているのは、妻子より先に死んだという事実だけ。だから悔い改めようがないのだった。

こうしてクリスマスに見に来るのも、あれがおまえの息子だと教えられたからで、初めは可愛いともなんとも思わなかった。愛しあったはずの女の顔さえ忘れ、この世に未練を残す人びとを慈悲のかけらもなく引っ立ててる。こんな野郎が天使だなんておこがましい。だから殺し屋。ずっと、そう思ってきた。

「なんでつぼみのバラなんだよ。ちゃんと開いてるやつのほうがきれいだろう」

「だってプロポーズだもん」

「プロポーズ？」

「お母さんが言ってたんだ。お父さんがバラを渡してプロポーズしてくれて、すごくうれしかったたって」

「――――」

「赤いつぼみのバラにも三本っていうのにも、ちゃんと意味があるんだって。だから今日は、ぼくがお母さんにプロポーズしてあげようと思って」

ふいに、女の姿が脳裏に浮かんだ。

真紅のつぼみのバラの花言葉は、「あなたに尽くします」。三本のバラの意味は「愛の告白」。どうしてそんなこと、俺は知っているのだろう。

女の顔が徐々にはっきりしてくる。ロマンチックすぎて逆にダサいプロポーズを、喜んで受けてくれた彼女の微笑。澄んだ瞳。細い指先。「赤ちゃんできたの」と告げた優しい声。そしてすべての記憶が、耐えがたいほどの臨場感で再生された。

俺は彼女と、彼女のお腹にいたこの子を裏切った。幸せだったのに、ふたりのためならなんだってすると思っていたのに、突然の解雇という事態に我を忘れた。上司に食ってかかった。勢い余って殴り殺した。警察に追われ、逃げて、追い詰められて、もう終わりだと踏切に飛びこんだ。最低最悪のやりかたで、家族を置き去りにした。ユキコ。――そうだ、雪子《ゆきこ》。どんなに苦労しただろう。

「ぼく、そろそろ行くね。おじさんも帰ったほうがいいよ」

ああ、と俺は応え、立ちあがった。

風がまた強くなってきた。来た道を逆にたどり街なかまで戻ってくると、その場所に近づいた。下っ端とはいえ俺も天使だ。もう全部わかっていた。毎年クリスマスに息子を見ることを許されていた理由。今日、息子の目に俺の姿が映った理由。

ヘッドライトを光らせ、トラックが交差点を曲がってきた。寝不足でよれよれの男が運転するトラック。一瞬うとうとし、ハンドルを切りそこねるまであと一秒。

不吉な気配を察したか、息子は立ちすくんだ。

俺は地面を蹴った。

運命をねじ曲げることは許されない。神の意思に背いた天使は地獄へ堕《お》ちる。それでもよかった。この子が生きていられるなら。彼女がこの子を失わずに済むのなら。

クリスマスがやってきた。

花屋で、若者は赤いバラを一本買った。赤いバラの花言葉は「あなたを愛します」。一本のバラは「ひと目惚れ」の意味だ。

外で待っていた俺には目もくれず、彼は早足で歩いていく。よかった、と思った。話ができないのは残念だが、やっぱりほっとした。よかった、今年じゃないのだ。

息子の命日は十二月二十五日。これは変えられない。ただ、本当は七歳で逝《い》くはずだったのが、神の気まぐれで延長された。来年か、再来年か、もっと先か、とにかくクリスマスに彼の命は終わり、俺はその瞬間に立ち会う義務を負わされている。再び逆らったら、今度は息子ともども地獄行き。そういうことで話がついている。

三十で死んだ俺は三十のままだ。でも息子は一年ごと歳を重ね、いつかは俺を追い越すのかもしれない。そのことも、いずれあの世に連行しなきゃならないのも切ないが、俺はちょっと楽しんでもいた。クリスマスの今日、息子はひと目惚れした女の子を口説き、あわよくば童貞にサヨナラしたいと目論《もくろ》んでいる。我が子のそんな一日を見物できる親父なんて、宇宙広しといえども俺くらいのものだろう。

それにしても、いまどきの女の子にバラの花言葉なんて通用するんだろうか。気色《きしょく》悪《わる》がられておしまい、なんてことにならなければいいが。

背の伸びた息子と並んで、街を歩く。

真冬の空から雪が、ひらひらと舞い降りてきた。

雪色の恋　有沢真由

初出『5分で読める！　ひと駅ストーリー　旅の話』（宝島社文庫）

冬の柔らかな朝日に照らされた新雪は、ダイヤモンドの欠片《かけら》を含んでいるのではないかと思うほど煌《きら》びやかに輝いている。その白銀の眩《まぶ》しさに思わず目を細めた。

穏やかなゲレンデの朝。

雑誌でこのスキー場の景色を目にした時、理由もなく行かなくてはという衝動に駆られ、心の赴《おもむ》くままに旅立ちを決めた。一人旅を心配する周囲の声もあったけれど、この地を訪れて正解だったと実感している。

デジャヴというのは、こういう経験をさすのかもしれない。初めて訪れた場所なのに、私はこの場所をよく知っているという感覚。既視感《きしかん》――。

画像としてみた視覚的な記憶を、そのように錯覚しているのでは決してなかった。その証拠に、写真には写っていなかった大きなモミの木や、リフト券売場の屋根の下に、マフラーをした雪だるまのマスコット人形があることを何故か目にする前から知っていた。

「ここなのかな」

ポツリと呟《つぶや》いてみる。

「ここなのかもしれない」

私は自身の問いかけにそう答えた。

＊

久しぶりにきたスキー場付近には、真新しいホテルが建っていて以前の景色とは幾分異なっていた。それでもゲレンデは昔のままだ。学生時代から麓《ふもと》にあるお食事処兼売店を見て、まるで里帰りをしたような安堵感《あんどかん》を覚えて微笑む。

僕が大学時代に所属していたスキー同好会には、スキー班とスノボー班があった。本当はボードでキメたかったが、やってみてセンスがないとわかり、結局スキー班に落ち着いた。

実はスキーの腕前もイマイチだけれども、占いや運命といった類《たぐい》の話が好きな僕は、自前のタロットカードで仲間の運勢を占ったりしたので女子ウケも良かった。

ただ彼女たちにとって、僕はあくまで人畜無害なロマンティストで恋愛対象ではなかったし、こちらもそれがむしろ気楽で心地よかった。

「運命の出逢いがしたいんだよね。ぱっと見た瞬間に、〝ああ、この人なんだ〟ってわかるような」

スキー合宿先で、こんな本音をぶちまけたこともある。

「いわゆる運命の赤い糸？」

「うん。前世から縁のある人とは、初対面でもなぜか初めて会った気がしない。旧友と再会したような言い知れぬ懐かしさを感じる、って話を聞いたことあるし」

「キモッ。知らない人からそんな風に思われたらマジで引くわ」

「アタシも。思い込みの激しい人って怖い」

　女子は運命や奇跡といった言葉に惹《ひ》かれる人が多いわりに、実は男よりもずっと現実的でシビアだ。夢にひたる時間と、現実を直視する時間をはっきり分けていたりする。

　たとえ夢みる夢男くんと言われようとも、僕は運命的な愛の磁力を信じたい。というのも、実際に僕の姉夫妻がそういう出逢いをしたからだ。

　姉は旅先の海外で、のちに夫となる義兄と出逢った。電車の時刻を間違えたことに気づかないまま指定席に座っていた義兄に、その席に座るはずの姉が話しかけたのがキッカケだった。目が合った瞬間、互いに雷に打たれたかの如くその場を動けなかったらしい。「愛の矢に射抜かれて息をするのも忘れたわ」と姉は未だにのろける。

　非日常に身を投じなければ、出逢うことすらなかった二人。運命の赤い糸が紡《つむ》ぎだすミラクルな妙技を僕も味わってみたい。

「なるほど。だからスキー同好会に入ったのね。ゲレンデの恋に憧れて」

　そのとおりだった。

　どこにでも転がっている陳腐な生活の中で、魂を揺さぶられるような劇的な展開を期待するほど図々しくはない。そのうえ僕は、恋人を作るという目的を全面に掲げた合コンは苦手ときていた。となれば行動範囲を広げ、まだ見ぬ運命の人に会うべく旅に出るしかない。

旅行サークルに入ることも検討したが、単に旅するだけでは仲間と密着して終わりの気がする。ドラマティックな舞台には海や山といった大自然、それにスポーツなどの小道具が要ると考え、結果的に選んだのがスキー同好会だった。

「つまりお前は恋に恋しているだけ。神がかり的な出逢いなんてそうはない。そんなじゃ、いつまで経《た》ってもカノジョなんかできんぞ」

そう言ったのはスキー班の一年先輩、十藻《じゅうも》さんだ。小柄で華奢《きゃしゃ》な僕とは対照的で、ヒグマを思わせる図体と手の甲までびっしりと生えた体毛は、山男とか山岳部といった方がしっくりくる。善人だが明け透《す》けな性格の彼は、良くいえばワイルドだが、はっきりいえばガサツで僕以上にモテなかった。

ところが三十代半ばを過ぎた頃、幸運の女神《めがみ》が彼に微笑んだのである。

「急に休みが取れたから、ふらっと一人でスキーに出かけたんだ。今シーズンはまだ滑ってなかったし、新車の慣らし運転を兼ねてさ」

買ったばかりの新車でスキー場へ行くというのがいかにも十藻さんらしい。車が汚れることなど気にも留めないのだ。

「お前も知っての通り、あそこの上級者コースは半端《はんぱ》ねえだろ」

「なにせ通称ストレートネックコースですからね」

「ひさびさに見たらほぼ垂直って感じでビビった。けど、きた以上は滑るしかねえなって覚悟したら、先に滑り出した女の子がド派手にすっ転んでてさ。板の先が片方は頭上に、もう片っぽは足元の雪に喰い込んでローマ字のHみたく固まってた」

「アハッ。光景が目に浮かびます」

「捻挫《ねんざ》してるし、救護車を呼ぼうにもどこに連絡すりゃいいかわかんねえわで、仕方なくおぶって下まで降りたさ。ただでさえ急なコースだから内心ヒヤヒヤしたけど、いざとなるとできるもんだな」

彼は医療関係の仕事に就《つ》いていることもあって、転んでいる人を放ってはおけない性分なのだ。病院へ連れて行ったあとは一緒に食事をして、バスツアーできたという彼女とその友達を家まで送り届けたという。彼女たちが住む街は真逆の方向だったが、自慢の新車を披露したいという願望とモテたいという下心も手伝い、往復で十時間近い距離をひた走った。

「まあ、なんつうか。それで付き合ってみるかって話になって」

スキー場を訪れる男女が一度は空想するような甘いエピソード。僕も何度そういう展開を夢みたか知れない。

僕は大いなる勇気を貰った。十藻さんにできて僕にできない筈はないという、失礼かつ根拠のない自信が湧いてくる。

過去に何度も訪れたあのスキー場には、もしかすると縁結びの力が生まれつつあるのかもしれない。縁起物、パワースポット、験担《げんかつ》ぎ、セレンディピティー等々。幸運を呼び込みそうなものにはとりあえず乗っかってみる僕は、勝手知ったるスキー場へと向かった。

買い換えたばかりの真新しいスキーウエアに身を包むと、自分までが新品になったようでテンションも上がる。

——今度こそ、運命の人に出逢える気がする。

リフト券売場の屋根の下には、マフラーをした雪だるまのマスコット人形がいる。懐かしい笑顔で僕を迎えてくれたその鼻にちょんと触れた。さして意味はないが、滑る前に行う僕だけの儀式だ。

山頂は穏やかな晴天で絶好のコンディション。まるでベールを取り去ったかのように鮮明で、雪化粧をした山や大地の息づかいまでもが聞こえてきそうだ。

僕は深呼吸して新鮮な空気を身体に満たすと、スキー板で雪を蹴った。これからの人生をともに過ごすパートナー、出逢うべき人と出逢うために——。

＊

麓にある食堂の片隅に座り、一人でぼんやりとゲレンデを眺めている私に、何人かの男性が声をかけてきた。

「あれっ、滑らないの？　なんならスキーでもスノボーでも教えてあげるよ」

女性がこんな場所に一人でいるのは不自然で物欲しげに見えるのだろう。静寂を邪魔されるのが次第に苦になり、適当な言い訳をすることにも疲れたので、いったん外の空気を吸うことにした。

ニット帽を被《かぶ》り、手袋をはめながら食堂のドアを開けると、ふいに現れた一人の男性とぶつかりそうになった。

彼を見た瞬間、私ははっと息を飲んだ。彼もまた私を見て、目を丸くしている。

「驚きました。まさか、こんな所で会うなんて」

「ホント、奇遇だね。けど君が何故ここに？」

レジャーが目的ではなく、心に導かれるままやってきたと告げると、彼は感慨深げに言った。

「そうか……それにしても、こんな偶然が本当にあるなんて」

「これは偶然、なのでしょうか？」

私がまっすぐに見つめると、彼は明らかに戸惑った様子で困ったように目を逸《そ》らせた。そして一つ深いため息をつくと、観念したように「ついてきて」と再びゲレンデの方へと歩き出した。

思いがけない再会に、探していた答えを見つけたような気がして、どうしようもなく胸がざわめく。私は時折、雪に足を取られながらもあとに続いた。

彼はゲレンデの入口にある案内板の前までくると振り返った。

「ここから先は僕の独り言だから、聞いたらすぐに忘れてね」

「……わかりました」

「あいつ、願いを叶えたんだな。言葉に頼らなくても、わかり合える女性とめぐり逢いたいってよく言ってた」

その瞬間、厚手のセーターの下に隠れている大きな手術痕にふと温《ぬく》もりを感じた。

私をこのスキー場へと向かわせた予感は、やはりそうだったのだ。

スキー場のコースが表示された案内板には、一つだけ閉鎖中のシールが貼ってある。

昨シーズン、そこで大きな事故があったらしい。時期的に、私が心臓移植を受ける少し前だ。

臓器移植コーディネーターの十藻さんには守秘義務があるから、これ以上のことを聞き出すのは無理だろう。でも、もう充分だった。

――僕たちは、運命の出逢いをしたんだね。

リフト券売場の屋根の下にいるマフラーをした雪だるまのマスコット人形に、そう話しかけられた気がして涙が込み上げてくる。私は人形に近づくとその鼻に指を押し当て、生きる力を与えてくれたドナーを想いながら小さく頷いた。

命の旅　降田天

初出『5分で読める！　ひと駅ストーリー　旅の話』（宝島社文庫）

どうして私なんだろう。

もう何回、同じことを考えたかわからない。

神様は間違えたんだ。みんなの命を私なんかに託《たく》すなんて。

生まれた時から、何をやっても周囲より劣っていた。取り柄《え》なんて一つもなかった死にたいと思ったことはないけれど、生きていて楽しいと思ったこともない。

生きるか死ぬかの状況になったら、私は死ぬ側に入ると確信していた。それを悔しいとも感じなかった。もっと強い命が残るのが当然だし、そのほうが私たちみんなにとっていい。

空が透《す》き通るように晴れた朝、私たちは身一つで旅に出た。逃げ出したのだ。そこにいたら死ぬしかないから。

そうするしかなかった。私たちは大昔からそうやって生き延びてきた。

だけど、逃げたからって生き残れるとは限らない。

出発して三日目、長老が死んだ。なに、またいいところが見つかるさ。生きることに慣れた彼はそう言って、若者たちの不安を笑い飛ばしていたのに。

子どもが死に、その母親が死に、体の大きな男が死に、美しい女が死んだ。道程の過酷さに力尽きたのもいれば、殺されたのもいる。仲よしだった友達は、知らないうちに消えていた。やはり死んだか、攫《さら》われてどこかに売り飛ばされたか。どちらにせよ生きていないことに変わりはない。

出発した時は賑やかな集団だったのに、今は私しかいない。私だけになってどのくらい経《た》つのかも、もうわからない。

残ったのが、どうしてよりによって私なんだろう。

私は賢《かしこ》くない。強くも美しくもない。みんなにできなかったことが、私にできるはずがないのに。こうして旅を続けたって、孤独と苦痛の時間が長くなるだけなのに。

でも、やめるわけにはいかない。

私が生き延びて、同じように逃げてきた誰かと結ばれて、子どもを産む。それが仲間の命を繋《つな》ぐこと。死んでいったみんなの願い。

本当はそんなもの背負いたくなかった。重くて重くて潰されてしまいそう。私にはできないと放り出し、取るに足りない存在でいられた頃が恋しい。

だけど、みんなの思いに逆らって引き返す勇気もない。

進むしかないから進んでいくうちに、いつのまにかずいぶん高いところにいた。世界を南北に分かつようにそそり立つ山脈。吹き渡る風は身を切るように冷たく、木々はうっすらと雪をかぶっている。お日様も凍えたみたいに元気がない。

早くこの山を越えなくちゃ。池の水が凍りついてしまう前に。こんなところで冬に追いつかれたらひとたまりもない。

ああ、でも焦って用心を怠《おこた》ってもいけない。私たちはいつも狙われている。やつらに見つかったらおしまいだ。

夜が近づき、肉体的にも精神的にもくたくたになっていた私は、巨大な木の根元に座り込んだ。いい具合に枯れた草が繁っていて、私の褐色《かっしょく》の体を敵から隠してくれる。とたんにすさまじい疲労が襲いかかってきた。

もういいんじゃないかな。諦めたって誰も怒らないんじゃないかな。しょせん私だもん。神様が間違えたのが悪いんだもん。でも、私にしてはよくやったよね。

低い声が聞こえたのはその時だ。

「褐色の娘よ」

私は一瞬で身構えていた。もういいと思っていたはずなのに、本能だろうか。それとも仲間が私を生かそうとしているのか。

声は深く澄んでいた。薄闇と雪でまだらに染まった森の中、はるか上空から降ってくるようでも、地の底から響いてくるようでもある。

「誰？　どこにいるの？」

答えは得られなかった。代わりに、奇妙な言葉が届いた。

「九つの太陽と九つの月を越えた時、おまえはおまえと同じ寂しい旅人に出会うだろう。それが運命の相手だ。命は繋がれる」

いつのまにか日は沈み、冴《さ》え冴《ざ》えとした月光が辺りを照らしているが、声の主は見つけられない。老いた梟《ふくろう》は知恵を越えた知恵を持つ、という話をふと思い出したが、そもそも私は梟がどういう姿をしているのか知らない。

私はなんとなく、旅に出て三日目に死んだ長老を思い描いた。彼は物知りで、予言めいた言葉はよく当たったものだ。なに、またいいところが見つかるさ。あれもきっと現実になる。

姿なき予言者の言葉を、私は信じた。

私は旅を続けた。

激しい風雨にさらされても、敵に追いかけられても、食べものにありつけなくても、九つの太陽と九つの月の間ならと耐えた。

そのうちに太陽の動きや空気の流れから位置を把握できるようになり、地形や風景も頭に刻み込まれた。身を守り、時には戦う術《すべ》を憶えた。

怯《おび》え、途方に暮れていた私は、もうどこにもいない。私にはできないとも、神様が間違えたのだとも思わない。

これは、私の旅だ。

私は確信を持って南へ進み、どんどん速度を増していった。山を越え、海を渡った。

ぼろぼろになった強い体で風を切り、景色を置き去りにしていく。

ついに十個目のお日様が昇った日、急に頬に当たる風が暖かくなった。

いいところはきっとすぐそこだ。運命の相手も。

ああ、早く会いたいな。

ダァーンと遠くで音がした。

体が燃えるように熱くなり、何もわからなくなった。

よく見えないけれど、景色が逆さまになっている気がする。今まで耐えてきたどんな嵐よりも激しい風が、体を通り抜けていく。

落ちてる？　どうして？　わからない。羽ばたかなくちゃいけないのに、翼がちっとも動かない。

ああ、やっぱり私だった。賢くないし、強くもない。おまけに体がべっとり汚れて、ますます美しくない。

細長い筒《つつ》を手にした人間の男の姿が見えた。筒からは白い煙が上がっていた。知っている。たくさんの仲間があれにやられた。下からあれにやられたら、私たちは飛べなくなって地に落ちてしまう。

獣、猛禽《もうきん》、それに人間。冬から逃げてきた渡り鳥を待ち構える敵たち。
「助かった。これであの娘のもとへ生きて帰れる」
感極まったような叫びがかすかに聞こえた。骨と皮ばかりの、一目《ひとめ》で飢《う》えていると
わかる男が、よろよろと駆け寄ってくる。
人間の言葉はわからないけれど、予言を受けた時の私と同じ喜びを感じた。
――九つの太陽と九つの月を越えた時、おまえはおまえと同じ寂しい旅人に出会う
だろう。それが運命の相手だ。命は繋がれる。
彼は私を食べ、誰かのもとへ生きてたどり着くのだろう。そして結ばれ、子どもが
生まれる。
ごめんね、みんな。私もここまでみたい。
だけどこの九日間、私は生きてるのが最高に楽しかったよ。
薄れゆく意識の中、大空を渡る褐色の翼を見た。
同種の誰かが旅をしている。彼女がきっと繋いでくれる。
みんなの願いを託し、私の旅は終わった。

わらしべ長者スピンオフ

木野裕喜

初出『5分で読める！　ひと駅ストーリー　旅の話』（宝島社文庫）

馬を譲ってくれた若者が、面白いことを言っていた。

聞けばあの若者、最初はわらしべ一本しか持っていなかったのだという。

それが今では屋敷住まい。にわかに信じられない成り上がりだ。

なんでも、わらしべの先にアブをくくりつけていると、それに興味を示した子供が欲しいと言ったのでくれてやったところ、そのお礼として蜜柑《みかん》をもらったそうだ。

まあ、それくらいの交換ならアリだろう。

次に、若者は喉の渇《かわ》きに苦しんでいる商人と出会ったそうだ。商人は若者が持っていた蜜柑を欲しがった。結果、若者は上等な反物《たんもの》と蜜柑を交換した。

これもまあ、相手が死ぬほど喉の渇きを覚えていたのなら、若者は命の恩人と言えなくもないし、アリと言えばアリだ。

続けて若者は侍と出会う。その侍は、愛馬が急病で倒れてしまったが、急いでいるために馬を見捨てなければならない状況にあった。そこへ若者が、反物と馬の交換を申し出たという。

動物愛護の精神に、わしはいたく感心した。しかも若者が衰弱《すいじゃく》した馬に水を汲《く》んで飲ませてやると、馬は元気を取り戻したという。その奇跡にわしは感動した。

でも、さすがに馬と屋敷の交換はやりすぎた。ちなみに、交換したのはわしだ。

何故《なぜ》そんなことをしてしまったのか。ちょうど婚活《こんかつ》の旅に出ようとしていたこともあるけど、何より、あの若者の運気にあやかりたかったのだ。そうすることで、あわよくば幸せな結婚ができるといいな……なんて思っちゃったりしたわけだ。

わかる。わかるぞ。言いたいことは、よーくわかる。

若者に交換してもらった馬が、諭《さと》すような、憐《あわ》れむような声で鳴いている。

『なんてバカをしたんスか。自分が言うのもなんスけど、わりに合わないっスよ』

とでも言っているかのような。そのとおりすぎて、グウの音《ね》も出ない。

勢いって怖いな。実際、旅に馬は必需品だけど、屋敷と交換するくらいなら普通に買うわ。屋敷一つで馬が何頭買えることやら。今さら返せとは言えないし、いったいいくらの損失だろうかと頭を抱《かか》えていると、旅の友となった馬が『自分、精一杯働くんで、元気出してくださいな』と、慰《なぐさ》めるような声で鳴いた。

「……過ぎたことを悔やんでも仕方ないか。よし、わしはもう後ろを振り返らんぞ。目指せ、若くて美人の嫁さん！　素敵な出会いを求めて旅を続けようじゃないか！」

『その意気っス！　御主人が望むなら、自分、シルクロードも横断する覚悟っス！』

鼻息を荒くした馬が、なんとなくそう返してくれている気がした。

そうそう、名前をつけてやらないとな。しばし考え、わしは馬に《サクラ》と名前をつけた。見たところ牝馬のようだし、可愛らしい名前だと思う。他意はない。

幸い乗り心地はいいし、あの若者のように、わしにとってもサクラが運気を上げてくれる存在になることを願う。

などと期待に胸を膨らませていると、前方不注意でドボンと池にはまった。

「がぼぼ、ごぼぼぼぼぼぼ」

深い。どんどん沈んでいく。ヤバい……これはシャレにならない。

重石《おもし》となっている、全財産が入った鞍袋《くらぶくろ》をサクラの背から外《はず》して助けようとするが
……息が続かない。死を予感したわしは、身を切る思いで水上へと掻《か》き泳いだ。

「――かはあっ！　……ぜはぁ……はぁ……」

どうにか力尽きる前に岸へ這い上がることができた。しかし、その代償は大きい。

サクラが……沈んでしまった。

がくりと膝をつき、呆気《あっけ》なく相棒と全財産を失った悲しみに打ち拉《ひし》がれていると、
湖の中からパアッと目が眩《くら》むような神々《こうごう》しい光が浮かび上がってきた。

徐々に発光が収まっていくと、そこには湖面に立つ美しい女の姿があった。自らを
湖の女神《めがみ》と名乗り、全身がゴールデンカラーに輝く馬を見せて、こう言ってきた。

「お前が落としたのは、この馬か？」

「全然違う。わしが落としたのは、もっと普通の馬だ」

「では、この馬か？」今度は全身がメタリックシルバーな馬を見せてきた。

「いやだから、もっと普通の馬だってばよ」

「では、この馬か？」続けて湖の女神が見せたのは、まさしくサクラだった。

「サクラァァァァ！」

『御《ご》主《しゅ》じぃいぃいん！』

サクラとの再会を喜んでいると、湖の女神は微笑み、お前は正直者だなと言った。

嘘をつく要素が見当たらなかったのだけど、湖の女神は感心したとかなんとかで、金銀の馬も褒美《ほうび》にやると言って、湖の中に帰っていこうとした。

「ちょっと待ってくれ！　こんなもんもらっても困るんだけど!?　それよりも一緒に落とした風呂敷を――て、もういねえ、ぅおおおおい!!」

わしの呼びかけも空《むな》しく、湖の女神は消え、辺りは静けさを取り戻してしまった。

残されたのは、唖然《あぜん》とするわしとサクラ、そこへ新たに加わった金銀の珍馬《ちんば》。

注文した覚えもない商品を押しつけられ、有無を言わさず有り金を巻き上げられた気分だが、サクラの命を助けてもらったと思えば納得することもできなくはない。

『御主人、申し訳ないっス……。自分が不甲斐《ふがい》ないばかりにこんな……』

サクラが落ち込んだように弱々しく嘶《いなな》いたので、お互い無事で何よりだと言って、たてがみを梳《す》いてやった。金で命は買えないからな。

とはいえ、旅を続けるにも一文無しでは心許《こころもと》ない。わしは、この付近で一番大きな町まで行き、金銀の馬を買い取ってくれそうな商人を探すことにした。目立つ二頭は町の外れに隠して繋いでおく。

町に入ってしばらく闊歩《かっぽ》していると、気になる御触《おふ》れが目についた。

【かぐや姫の望みを叶《かな》えた者に、貴賤《きせん》を問わず姫の夫となる権利を与える】

聞いたことがある。この世のものとは思えぬ美しさで、多くの男から毎日のように求婚《きゅうこん》を受けている娘がいると。興味はあるが、わしでは高嶺《たかね》の花もいいところだな。

「でもせっかくだ。相手にはされずとも、見に行くだけ行ってみようか」

『相手にされないなんて、そんなことないっスよ。自分がもし人間だったら……』

馬語《うまことば》はわからないが、サクラがわしを励《はげ》ましてくれているのはわかった。

サクラに跨《また》り風を切って道を行くと、しばらくして、かぐや姫の暮らす立派な御殿《ごてん》が見えてきた。

門の外で一刻《いっこく》ほど待つと、門前《もんぜん》にできた人垣からも、噂どおりの人気が窺《うかが》える。

噂に違《たが》わぬ美貌《びぼう》を目にし、わしはごくりと息を呑んだ。

拝謁《はいえつ》の順番が回ってきて、かぐや姫の御前《おんまえ》に通された。

なるほど。これほどの美人なら、こぞって求婚する男たちの気持ちもわかる。

もっとも、わしはそこまで望まないので、一目《ひとめ》御尊顔《ごそんがん》を拝見できただけで満足だ。

待っている間に聞いたのだが、かぐや姫は求婚者たちに、えらく無茶な課題を要求しているそうだ。《蓬莱《ほうらい》の玉の枝》やら《火鼠《ひねずみ》の裘《かわごろも》》やら、実在するのかどうかさえ疑わしい物を手に入れてこいとか。初めから結婚する気がないとしか思えん。

まあ、わしも興味本位でここにいるくらいだし、人のことは言えないけれど。

「あなたには、《水神に仕える金の馬》を手に入れていただきます」

ほらきた。金の馬とか、そんな物、見たことも聞いたことも――……。

「どうなさいました？　やめるなら今のうちですよ？」

「……銀の馬もセットでいかがですか？」


――かぐや姫、ついに結婚する。


このセンセーショナルな話題が町中を駆け巡り、わしは一躍時《いちやく》の人となった。

一文無しになった時はどうなることかと思ったが、まさか、前以上に大きな屋敷に住め、こんなに若くて超美人な嫁さんをゲットできるとは夢にも思わなんだ。

「それもこれも、あの若者と物々交換をしたおかげかな」

……だけど、何故だろう。嫁さん探しという旅の目的を早々に遂《と》げることができ、満たされているはずなのに、何かが心を苛《さいな》んでいる。

それに、わしが身を固めて屋敷に留《とど》まるようになって以来、サクラも元気がない。

結婚して一週間が経《た》った頃、わしは思い切って、かぐや姫に新婚旅行を提案した。

すると、かぐや姫は空に浮かぶ月を眺めてこう言った。

「私は月の世界の者。次の十五夜《じゅうごや》に、月に帰らなければなりません」

電波な発言は遠回しな拒否かと思っていたら、数日後、本当に月から迎えがやってきた。どうやら、かぐや姫の正体は宇宙人だったらしい。

「あなたは良い夫でした。ただ男性としては退屈というか……とにかくさようなら」

結婚へのトラウマになりそうな一言《ひとこと》を残し、かぐや姫は月へと帰っていった。

すると、入れ替わるようにして、わしの手の中に見慣れぬ小箱が降ってきた。

もしや、これは悪名高い玉手箱では!?

咄嗟《とっさ》に投げ捨てそうになったが、わしは脱力して箱に目を落とし、溜息をついた。

「……………これは、わしへの罰《ばつ》なのかもしれんな」

目先の欲にとらわれ、サクラをただのラッキーアイテム扱いしていたことへの。

サクラに元気がないのも、全てわしが原因だ。

あんなに気遣《きづか》ってくれていたのに。大切な相棒だったのに。すまない、サクラ。

わしは贖罪《しょくざい》のつもりで箱を開けた。

しかし箱の中には、掌《てのひら》に収まるくらいの金色の玉が一個入っていただけだった。

なんだろうと眉をひそめると、箱の中に説明書らしき物を見つけた。それによると、これと同じような玉が全部で七つあり、世界中に散らばったそれらを全て集めると、どんな願いでも一つだけ叶えられるという。

それを見て、わしの胸中に、ふつふつと熱い感情が湧き上がってくるのを感じた。

「サクラ！　サクラはいるか⁉」

『御主人、ここにいるっスよ！』

待っていましたとばかりに、駆け寄ってきたサクラが嬉しそうに嘶いた。

「サクラ、許してくれ。わしはお前のことを……」

『許すも何も、自分は感謝しているんス。自分みたいな普通の馬と御自宅を交換し、あまつさえ全財産を失い、それでも自分のことを心配してくれた御主人に……』

言葉は理解できないが、サクラの優しさは十分に伝わってきた。

『それでご主人、ドラゴ――もとい、その不思議な玉を探しに行くんスか？』

「……ああ。七つ集まったらサクラを人間にしてもらい、妻《めと》として娶るのもいいな」

『ご、御主人が望まれるのでしたら、自分は馬生《ばせい》くらい、いつでも捨てる所存っス』

「長い旅になるぞ。そう、人生という名の長い旅に」

『望むところっス！　どこまでも、どこまでも御供《おとも》させていただきます！』

揚々《ようよう》とサクラの背に跨《また》がり、わしはしみじみと思った。

近すぎると気づかないものだな。

素敵な出会いという願いは、一番初めに叶《かな》っていたのだ。

「さあ行こう。わしらの旅はまだ始まったばかりだ！」

心霊特急　吉川英梨

初出『５分で読める！　ひと駅ストーリー　夏の記憶　西口編』（宝島社文庫）

「俺ってさ、あんなちっぽけな会社で終わる男じゃないと思うんだ。小さい頃からばあちゃんも、〝雄二《ゆうじ》には何か特別な能力がある気がする〟ってずっと言ってたし」

ある猛暑の夜、扇風機に風呂上がりの体をあてながら、僕は妻にさりげなく言った。

2Kのアパートの、古びた台所の窓辺に風鈴を飾っていた妻の手が、止まった。

「やっぱ転職するわ、俺」

実際はリストラされたのだが――妻に不安な思いをさせたくなくて、僕は極力明るい調子で言った。変な沈黙が訪れたので、僕は慌てて話題を変えた。

「あ、風鈴いいね。風情があって――」

「そうね。あなたにはもっとよい――環境があると思うわ」

結婚八年目になる妻はバツイチで、三十五歳の僕よりも五つ年上である。何かそれに対して引け目を感じているのか、不甲斐ない僕を一度も責めたことはなく、毎日せっせとパートに出て家計を助け、こんな猛暑日でもエアコンをつけずに、うなじにじっとり汗を垂らしながら、晩酌の準備をしてくれるのだった。

トイレに入って用を足していると、突っ張り棒の棚の上に、新しいナプキンが買い足されているのが見えた。今月もダメだったのか……。トイレから出た僕は、キッチンに立つ妻をなんとか勇気づけたい一心で、言った。

「よかったぁ、できてなくて」

「え……」と妻が驚いて、僕の顔を見上げた。

「いや、だって。明日から俺また無職なのに。妊娠とかしたら大変じゃん」

妻は一瞬沈黙したあと、「もう子供は無理かもね」と悲しく笑った。

その妻が、僕に離婚届を置いて出て行ったのは、翌日のことだった。

残された小さなダイニングテーブルの上に、書き置きがあった。

『あなたと一緒にいるときの〝いい妻〟だった自分に、もう、疲れました』

＊

妻に対しては、一家の大黒柱としてほんの少し偉そうにしてきたところもあるが、僕は基本、人に迷惑をかけないように、ひっそりと生きてきた。それが、社会では「受身」「アグレッシブさがない」という評価に繋がり、結果、解雇・転職を余儀なくされることになり、挙句《あげく》の果てにはようやく手にいれた結婚生活も、もろくも崩れ去った。

妻は僕にとって、最後の砦だった。世間はいつもこんな僕を見捨て続けてきたが、彼女だけは――というのがあった。友人から「お前は本当にラッキーだよ、あんないい嫁さんもらって」と言われるのが、僕の唯一の、誇りだった。それがもう、なくなった。

死のう。

僕は離婚届をぐしゃぐしゃに丸め、自宅を飛び出した。これから死ぬ、という恐怖を打ち消すために、新宿《しんじゅく》の居酒屋にオープン直後の午後五時から入り浸り、前後不覚になるまで飲みとおした。財布には二千円しかなく、伝票に記された値段はその十倍近くになっていたのだが、あと数時間で僕はあの世行きだ。関係ない。

気がつくと、深夜十二時十五分になっていた。もうすぐ終電がなくなる。僕はふらりとトイレに立つフリをして、店を出た。店内はなぜか、終電間際というのに混雑していた。食い逃げはいとも簡単に成功した。

山手線《やまのてせん》沿いの道を、代々《よよ》木方面に向けてひとりふらふらと、歩き続けた。酒が回り、なんとなく気持ちが大胆になった僕は、しんと静まり返った深夜の代々木で叫んだ。

「俺は終電には乗らないぞー！　終電を、止めてやるんだ……!!」

やがて僕は、排水パイプを梯子《はしご》代わりに、道路よりも数メートルの高さにある線路めがけて、石垣をよじ登った。辿《たど》りついた線路の上は、都心の喧騒がなく静まり返っていた。

遠く北方面に、新宿高島屋《たかしまや》と、小さな代々木駅の明かりが見えた。南を向いたが、右にカーブしていて原宿《はらじゅく》駅ホームは見えなかった。

内回り、外回りどちらの線路に寝転んでいようか、考えていた時だった。

ふいに、ファーッという電車のクラクションの音がした。振り返ると、外回りの山手線が、いつの間にかもう目前に迫っていた。

まぶしいヘッドライトが、僕の全身を暗闇に照らし出した。

なんの覚悟もないまま、その瞬間を迎えることになった。僕は迫りくる恐怖に目を閉じて抗《あらが》い、ぐっと両拳に力を入れて、こらえた。

＊

結局僕は、その数時間後にやってきた始発電車で、自宅に帰った。

どうして自分の体が五体満足で動いているのか理解できず、始発電車の中で両手を掲げたり足を伸ばしたりしていたら、オール明けなのかふらふらとした足取りの大学生風の男二人に、立て続けに足を踏まれた。

僕は間違って、内回り側の線路に立っていただけだったのか。駅前のコンビニでぼんやり考えながらレジの順番を待っていたら、次々に順番を抜かされた。店員も何も言わないので、頭にきて商品を放り出し、店を出てしまった。

自宅アパートの室内は、強烈な暑さであった。扇風機では我慢できず、エアコンのリモコンを探したが見つからず、ただぐったりしていると、ふいに人の気配を感じた。

妻だ。

僕は慌てて起き上がり、思わず正座して、彼女を見上げた。妻は僕の存在など見えない様子で、寂しげに風鈴を見上げている。名前を呼んでも、彼女は振り返らなかった。頭にきて、僕は叫んだ。

「いくらなんでも、あんまりじゃないか。突然離婚届だけ置いて家を出て行くなんて。あんまり突然のことで僕は動転して、自殺しちゃうところだったんだぞ!!」

と、彼女の前に立ちはだかったが、その視界になんど入っても、僕が認識されることはないようだった。

ふと、今朝から立て続けにあった不自然な出来事を思い出した。始発電車の中で何度も足を踏まれ、コンビニでは何度も順番を割り込まれた。

そうか――。僕はたぶんもう、死んでいるのだ。

あの瞬間、山手線が体を突き抜けていくように感じたが――それはあくまで死人の感覚であって、たぶんあの衝突の瞬間に僕は即死したのだ。

ふいに、玄関のインターホンが鳴った。妻がふらりと玄関に立って扉を開けると、制服警察官が立っていた。恐らく――僕の死を告げにやってきたのだろう。

「宍戸《ししど》雄二さんのお宅ですよね。実は――」

警察官が言うと、妻は突然その場にくず折れ、しくしくと泣き始めた。慌ててその肩を抱いてやろうとしたら、警察官が僕を見て言った。

「あなただね、宍戸雄二さん。昨晩、新宿区歌舞伎町《かぶきちょう》の居酒屋レッツゴーで、無銭飲食した」

警察官は、どうやら僕が居酒屋に忘れていったらしい僕の免許証を差し出した。

「ちょ、ちょっと待って下さい、お巡りさん、僕の姿が見えるんですか!? 僕は、自殺したんです。昨日の深夜、山手線に轢《ひ》かれて――」

警察官は一瞬きょとんとしたあと、眉間《みけん》にしわを寄せて言った。

「あのね、宍戸さん。そんな理由で無銭飲食が成立するとでも――」

「いや、本当なんです! 僕は死んだんです。だから、始発電車の中でも何度も足を踏まれましたし、駅前のコンビニじゃ何度も順番を抜かされて……」

「はいはい。で、あなたは昨日、新宿区歌舞伎町○番地の居酒屋レッツゴーで、午後五時に来店。それから午前三時まで、合計五万とんで百七十円分を無銭飲食した、と」

「午前三時……? いやいや、僕が店を出たのは終電間際の十二時十五分ですよ。そもそも、三時なんかに店出たら電車通ってないでしょ。そしたら飛び込み自殺できないし。だいたい僕が店を出た時、まだ店は混雑してたんですよ。ハナキンでもない、平日の午前三時になっても満員の居酒屋なんて――」

「ああ、昨日は山手線の終電で人身事故があって、帰宅困難者続出だったからね」

「そう、それですよ、僕が飛び込んだ電車――」

「なに言ってるの。飛び込んだのは四十代の女性だよ。今、身元確認中で」

ふいに警察官の携帯電話が鳴った。彼は僕に〝逃げるなよ〟とひとにらみして、一旦玄関の外に出た。

「え……。やっぱり僕、死んでないの？」

僕は思わず、玄関口に座り込んだままの妻を思い切り、抱きしめた。

「飛び込んだのは、僕じゃなくて――四十代の女性だった。僕は、酔っぱらっていて、終電逃すほど酒飲んでて。助かったんだ……」

生きていてよかったと、これほど実感したことはなかった。やり直そう――そういう気持ちが自然と沸き上がってきて、さらに強く妻を抱きしめた。彼女はいつまでも僕の胸の中にうずくまって動かない。こっちを向いてと彼女の顎をあげさせようとした。どろっとした感触があった。僕の手が、真っ赤な血で染まっていた。え、と思って、妻の顔を覗き込んだ。

もう、妻ではなかった。全身血まみれで真っ青な顔をしたその女は、僕の腕の中で断末魔のような叫び声をあげる。あっという間にその体はバラバラに砕け散った。

「ぎゃぁぁぁ!!」

僕は、ひっくり返った。はっと我に返ると、玄関先に戻ってきた警察官が、怪訝《けげん》な表情で僕を見下ろしていた。先ほどまで僕の腕の中にあった女のバラバラ死体は、なくなっていた。

「大丈夫か、あんた。とりあえず、署まできてもらうよ。無銭飲食の件は、後でいいから」

「え……？　え？」

「奥さん――亡くなったよ。さっき話した、飛び込み自殺の女性。あれ、あんたの奥さんだって。今、散乱してた荷物の中から、奥さんの免許証見つかって」

妻が置いていったキッチンの風鈴が、風もないのに、ちりん、と鳴った。

三日で忘れる。

沢木まひろ

初出『5分で読める！　ひと駅ストーリー　猫の物語』（宝島社文庫）

　都心が豪雪に見舞われた二月の初旬、庭の雪掻《ゆきか》きをしていたら、ギギギと木戸の音がした。顔を上げると、ひとりの若者が立っていた。

　よう、と彼は言った。

　見知らぬ人間がいきなり庭先に立ち、しかも親しげな挨拶をしてきた不可解さに、私は眉根を寄せた。何者だ。問うより早く「俺だよ」と彼が続ける。

「よくわかんねえけど、こういうことになっちまった。うー寒っ！　とにかく中に入れてくれ。そんでなんか食わせろ」

　いまどきの若者ふうの風体《ふうてい》と、それにそぐわぬべらんめえ口調。ずんずん横を通って縁側から上がりこもうとするのを、慌てて止めた。

「なんなんだ、きみは。せめて名前を言わないか」

「そんなの忘れたよ。つうか、名前つけたのあんたじゃねえか？　飯のときはいつも呼んでた気がするぞ」

　そう言われて私の頭に上った名は「ソウジ」だった。この家に越してきた当時、庭に居着いた仔猫。姿のいい仔だったので新撰組の沖田《おきた》総司《そうじ》（実際はそう美少年でもなかったらしいが）にちなんだ名前をつけ、ともに暮らした。一週間ほど前にその猫が亡くなり、夜ごと涙ぐむ日が続いていて——とかなんとか思っているうち、若者はもう縁側の上に居た。振り返り、何やら蠱惑的《こわくてき》な目で私を見て、「めし」と言った。

猫を亡くしたばかりなのを知っていて、生まれ変わりのふりをしているのか。人の悲しみにつけこんだ新手のオレオレ詐欺《さぎ》？　だとしたら許しがたい。

そう思いつつも私は台所に立った。腕力で張りあっても勝てないことはわかりきっていたし、薄着の若者は本気で寒そうだった。食わせれば出ていくかもしれないと楽観したのである。ありあわせの食事をひどい行儀《ぎょうぎ》で平らげた若者はしかし、断りもなく居間のソファに寝転がった。しなやかな身体を丸めて、そのまま眠ってしまった。


数日が過ぎ、未だ私は若者を追いだせずにいた。信じられないことだが、どうしたものかと手をこまぬいているうち、彼のいる生活に慣れてしまったのだ。

私はフリーの翻訳者である。パソコンに向かって仕事に熱中していると、若者は視界の端《はし》に入る位置からじっとながめ、たまに服の裾《すそ》を引っ張った。猫っぽいやりようにうっすら腹が立つものの、なぜかあまり邪魔にはならなかった。

独身の中年男が若い男の子を泊めていたりしたら、変な疑いをかけられるかもしれない。最初のうちこそそんな不安に駆られたが、ただふわふわとそこに居る若者を見ていると、だんだんどうでもよくなった。心配するような家族がどこかにいるなら、いずれ届けが出るだろう。状況が変わったらまた考えればいい。――そんな思考の推移は、かつてはそこそこ癇性《かんしょう》だった私が、ソウジとの同居が進むにつれ、猫毛の付着した服で平然と過ごせるようになっていったときとよく似ていた。

なんでもよく食う若者は、とくにツナの缶詰を好んだ。「こんな旨いもん、なんでこれまで食わせなかったんだよ」と文句を言った。以来、食料品店へ連れていくとツナ缶を勝手にカゴへ放りこみ、海外経済誌が長者番付を発表したというニュースを観れば「一位の野郎は缶詰が何個買えるんだ」と大まじめに訊《き》いたりした。猫の転生なのだという素振りがしつこくて、いっそソウジと呼んでやってもよかったけれど、死んだ猫への義理もある。正体を明かさないのは、何か重大な秘密でも抱えているからなのでは。別の種類の不安が生まれてくるころにはもう、独りでないことがあたりまえになっていた。おかしな親子のようにずっと暮らしていけたらと、つい願いそうになっては打ち消すのだった。

「バイトをやりたい」

ある日、唐突に若者が言った。バイトって何のと尋ねると「食いもん屋」と答えた。ツナ缶を買うあの店かと私は思い、そこでピンと来た。レジにいる、若者と同年代とおぼしき女性店員がお目当てらしい。その子はなかなか感じがよく、私のようなおじさんにも可愛い笑顔で接してくれるのだが、イケメンである若者に対しては、やはり態度が違った。バーコードスキャナーを使いながらの上目遣《うわめづか》いに俄然《がぜん》「女」が見え、ふたり連れで行くようになってからは、私はほぼ蚊帳《かや》の外であった。

「バイトをするにはまず履歴書を書いて、それを持っていって面接を受けるんだ」

「リレキショ?」

「名前と生年月日と現住所、いつどこの学校を卒業して、どんな仕事をしてきたかっていう、その人のいままでを全部書く紙だよ」

「なんだ、そんなめんどくせえことすんのか」若者は顔をしかめた。「じゃあ、あんたが代わりに書いてくれ。俺は字なんて書けねえし」

「字が書けない? ばかを言うな」

「書けねえもんは書けねえよ。あんたたちの言葉は前からなんとなくわかってた気がするけど、こうやって自分がしゃべれてるってだけでも不思議なんだぜ。もし書けたって、ニンゲンの名前もなきゃガッコーってのも知らねえんだ。そこを適当にごまかすほどのアタマは、さすがの俺様も持ってねえ」

私はあきれて若者を見た。「まだ猫だと言い張る気か」

「は? いまさら何言ってんの」

「とにかく嘘の履歴書なんてだめだ。律儀《りちぎ》に働いてきたのに、そんなことで信用を失ったら、きみは責任取れるのか? 猫なら猫らしく家でおとなしくしてなさい」

言い捨てて私は、床屋へ行った。

もう少し言葉を選ぶべきだったかと、すぐに後悔した。へそを曲げて出ていったりしていないだろうな。急いで帰ってきたら案の定、若者の姿が見えない。慌てて家じゅう探しまわり、普段はほとんど使わない仏間《ぶつま》の暗がりでうずくまっているのを発見した。とっさに額に手をあてると、火傷《やけど》しそうな熱さだった。

すぐに布団を敷いて寝かせた。氷水で冷やし、粥《かゆ》をつくった。食いたくないと若者は拗《す》ねたが、かつおぶしをたっぷりかけてやったら、膨れっつらをしたままぺろりと平らげた。

夜が更《ふ》けるころには熱はだいぶ下がっていた。安心したせいか、私は枕もとで少しうとうとした。気がつくと、若者が額にのせたタオルの陰からこちらを見ていた。

「前にもこんなことがあったよな」小さな声で彼は言った。「思いだしたよ。ずうっと寝ないで俺についててくれた。あんたのおかげで俺は長生きできたのかもな」

「長生きって、きみはまだそんなに若いじゃないか」私は笑った。

「もうじきセイジンシキだって医者が言ってた。俺らがセイジンシキやるのは、かなりすげえことみたいだったぞ。結局やったのかどうか憶えてねえけどさ」

上腕部に鳥肌が立つのを感じた。ソウジを最後に病院へ連れていったとき、医師がたしかにそんなことを口にしたのだ。もとがノラゆえ正確ではないが、ソウジの享年《きょうねん》は十九歳。わずかのところで二十歳には及ばなかった。

でももしソウジの生まれ変わりなら、こいつはよぼよぼのじいさんでなければおかしいのではないか。そう考えて、再び鳥肌が立つ。猫なら長寿の十九歳は、人間に直せば未成年だ。そして目の前の若者は、まさに十九くらいと思われるのだ。

「感謝してんだぜ。バイトしたかったのは、そりゃあ女の子のこともあるけどさ、金がもらえたら缶詰も、あんたの好きなビールだってもっと買えるじゃねえか」

ほんとにこいつはソウジなのか。いやいやまさかと思いながらも、死んだ飼い猫が人に生まれ変わって恩返し、などと想像したら、涙がにじんできた。

「どうした。どっか痛えのか」

「人間は感動したときにも泣くんだ」

若者は大きな目をぱちくりさせ、変なの、と言った。


翌日、すっかり元気になった若者に五千円札を渡した。快気祝いだ、これでツナ缶を買えるだけ買ってこいと言うと、彼は喜び勇んで出かけていった。

ところが、数時間が過ぎても戻ってこなかった。

新手の犯罪なのではと、当初抱いた疑いが再浮上した。寂しい中年に近づき、甘えて油断させて、金を盗んでトンズラ。しかし、たった五千円である。金が狙いなら、もっといい機会がこれまで何度もあったはずだ。食料品店へ行ってみると、例の女性店員が私を見て、ツナ缶の入ったレジ袋を差しだしてきた。

「五千円で買えるだけっておっしゃったので在庫を全部お出ししたんです。でも休憩で外に出たら、駐車場の隅に袋ごと置き忘れてあって……」

レジ袋を持って家へ戻り、卓袱台《ちゃぶだい》の上に缶を並べて若者の帰りを待った。猫のように気まぐれなやつだ、ふらりと散歩に出てなかなか戻らないことはこれまでにもあったではないかと、ずっと言い聞かせていた。

夜が訪れ、夜が明け、眠れぬまま朝を迎えたとき、ふいに思いついて計算をした。ソウジが死んだのは二月の二日。きのうは三月二十二日。――四十九日だ。

やはり彼はソウジだったのだ。そうでなければ、この不思議な話は説明できない。惜しくも成人式を迎えられなかったソウジは、若者に姿を変えて私と暮らした。「感謝してんだぜ」と生意気な礼を述べ、今度こそ天に召されていったのだ。

山ほどのツナ缶を前に、私は泣き伏した。ごめんよ。ごめんよ、ソウジ。どうして一度でも名前を呼んでやらなかったのだろう。


公園のベンチに寝そべって、猫のソウジは憮然《ぶぜん》としていた。

いったいどういう因果なのか。素敵な缶詰をしこたま買い、可愛いあの女の子とおしゃべりもできて、ニンゲン最高、とウキウキで外へ出たら、だしぬけに荷物が重くなった。え、と思ったときにはもう猫に戻っていたのである。

神がいるなら呪いたい。せめて缶詰をたらふく食ってからにしてほしかった。

ふて寝しようとして、ふと視線を感じた。純白の雌猫がこちらを見ていた。

そこでソウジは、自分がやけに若いことに気がついた。猫として死んだときは庭の敷石を踏み越えるのもしんどかったはずなのに、いまは軽々とベンチから飛び降りて、思わせぶりに逃げる雌猫の尻を追っていた。人間の十九歳は、猫ならやっと一人前の一歳とちょっと。——そんな換算など、獣には与《あずか》り知らぬ理屈だったが。

「ソウジ！」突然、声がした。

振り仰《あお》ぐと、人間の男だった。及び腰で近づいてくる。

「ソウジ、おまえだよな？　若返ってるけど間違いない。絶対ソウジだ」

多くの猫は人語を解《かい》する。それにしても意味がわからなかった。ソウジソウジと呼ぶ男の声は優しく、姿もなんだか懐かしげに映ったけれど、若い雄猫にはやはり、雌との追いかけっこのほうがよほど重大事なのだ。

十九年間世話になった飼い主から、彼はとっとと逃げた。完全に猫に還《かえ》り、人間になって人間と暮らしたことなど完全に忘れていた。

東京で桜の開花が観測された、三月二十五日のことであった。

月のない夏の夜のこと

中居真麻

初出『5分で読める！　ひと駅ストーリー　夏の記憶　東口編』（宝島社文庫）

「父さん、実はな、きのうの晩、うち幽霊と喋ったねん」

高校生の娘の夏子《なつこ》が呆《ほう》けた顔で私の傍《そば》に寄ってきてそう言った。朝の日課にしているブーゲンビリアの水やりを終えたばかりのようで、手にはじょうろを持っている。私は高菜のにぎり飯をつくる手をとめて、なんや、と、夏子のその呆《ほう》けた顔とじょうろを交互に眺めて訊《き》いた。

「幽霊って言うても全然怖くなかった。見た感じ、普通の人間の女のひとみたいやった。大きな口に真っ赤な口紅をひいてな、短い髪してて、幽霊にしてはえらい身ぎれいやなあって思ったけど、自分で幽霊って言うてはったから、幽霊に間違いない」

娘の話を聞きながら、私は背中が冷たくなっていくのを感じた。

「六歳くらいの女の子の幽霊も一緒やった。ランドセル背負っててな。まるで入学式に行く母娘《おやこ》の光景やったわ。ふたりともちょっと物憂《ものう》げな表情で、うち、ついつい夜中まで話しこんでしもた。おかげで今日は寝不足やわ」

その幽霊さんから父さんに、伝言を預かってるの、と夏子は言った。

「もうじゅうぶん悔やんだでしょ、って」

私の苦い予感はほぼ的中だった。新子《しんこ》だ。新子が現れたのだ。葬《ほうむ》ったはずの古い過去。からだが突如として縛られる。

二十五年ほど昔。月のない夏の夜のことだ。

――あたしの名は、新子って言うんや。新しい子と書いてしんこ。ええ名前やろ。

当時、私が営んでいた小料理屋『ツキアカリ』の暖簾《のれん》をくぐり、席について私の顔を見るなりその女はそう言った。決して若いとも、また美人とも言えなかったが、どこか目の離せない妖艶《ようえん》さがあり、朴訥《ぼくとつ》な喋り方が知的さを欠いているようにも感じられた。ものをじっくり観察するような独特の目の色には惹《ひ》き付けられるものがあったが、どこか奇妙な女だと私は思った。突き出しの塩きゅうりをひどく気に入り、その日、新子は八本の塩きゅうりを食らった。それから毎晩欠かさず新子は私の店に現れ、塩きゅうりが食べたいわ、と言うのだった。夏の風に吹かれるようにどこからともなく私の人生に現れた奇妙な女は、気がつけば、どこか無性《むしょう》に気になる女になっていった。

それから季節がひとつ変わったある秋の夜、新子が私の子を孕《はら》んだと言ってきた。私は大いに動じた。なにぶん、私が新子とそういうことになったのはたった一晩だけのことだったのだ。それもひどく酒に酔った新子を仕方なしに家に上げた日に、新子がひどく私をもとめてきたのだった。たった一度だけのことで子が授かったと言われたところでにわかには信じがたかった。だが私も三十の半ばの独身であったし、それが真実ならば、と、私たちの間には当然のごとく結婚の話が持ち上がった。その話になったとき、私は新子の顔をろくに見なかったので、新子がどういう表情をしていたのかはわからない。ただ、「愛しとらんもん」という新子の言葉だけを、私の耳は聞き取った。そしてそのあとすぐに、結婚はせん、と新子は言い切った。腹の子はどうするんや、と私が混乱したら、新子は、どうするんやって、産むよりないやろうね、と言った。そのあと、もう一緒に生きたくないとまで言われ、でもこの子がお誕生日迎えるときくらいは会わせてあげる、というようなことまで新子に決められてしまった。

それを最後に、新子は急に店に来なくなった。冬が過ぎ、春が来ても現れることはなかった。私は新子が「孕んだ」と言ったことをデタラメだったと思うようにもなっていた。私は女という生き物にほとほと疲れ、女っ気もなく、店を真面目にやり続けた。

消えた新子が舞い戻ってきたのは翌年の夏の夜のことだった。私の気持ちをかき乱すこの女はいったい何者なのだと、再び奇妙に胸が高鳴ったのは確かだ。久々に見る彼女は髪の毛をばっさり切っていた。濃い紅《べに》を引いた大口と、ものをじっくり観察するような独特の目の色は健在で、腕にはしっかりと赤ん坊を抱いていた。約束どおりやろ、と、新子はにやりとした顔で言った。

私は赤ん坊に手を伸ばし、抱いてみてもええもんやろか、とぎこちなく訊いた。黙って新子は頷き、私に赤ん坊を手渡した。この世のものとは思えない軽さで私の腕に抱かれたその小さな物体は、一瞬だけ目をひらき、私の目を、かっちりと見たかのように思われた。こっちを見たぞ、と私が言うと、まだ見えとらんわよ、と新子は鼻で笑った。名前

名前がまだやのよ、ダンナはんに決めてもらおうと思って、と新子は言った。名前

か、と私はつぶやき、なんとはなしに空に細い三日月が浮かんでいるのを見つけて、三日子《みかこ》や、と、言った。三日月の子と書いて、三日子や、と。変な名やね、と新子は言った。まんざらでもなく幸福そうにしていたのを見て私はああ、この赤ん坊は、自分の子だ。新子と私の子だと確信した。新子は、三日子を抱いて、また来年やね、と言い置いて、私の元から消えた。

新子はそれから年に一度、それも必ず夏に現れた。私は毎年、我が娘になにかしらの贈り物を用意するようになった。あるときはだるまの人形、あるときは着せ替え人形、あるときは三輪車。三日子は年々、顔が新子に似ていくように感じられたが、新子のほうはどういうわけかちっとも容貌が変わらないように見えた。髪の長さだけは、気まぐれに変わるようだった。女というものはやはり奇妙な生き物だと私は思った。

三日子が小学校に上がる前の年の春に、私はもうすでに真っ赤なランドセルを用意していた。ちょうど六年目を迎えようとしていた『ツキアカリ』の景気は上向きで、懐《ふところ》もあたたかかったのだ。そんなときに、私の町が大洪水に飲み込まれるという惨事に見舞われた。家屋もろとも流され、町は目も当てられないほどに別世界と化した。死者も何百人と出た。私はなんとか命拾いをしたが、身以外のほとんど全てをいっぺんに失ってしまった。約二ヶ月ほど続いた避難場所の小学校の体育館の床の上で、私は生きるということは無情だと感じていた。次第に、自分が何者であるのかということを、考えなくなった。料理人であるという自覚も、留め金をつけた箱にしまいこんでしまった。

私は初めて、新子と三日子を恋しく思った。しかし、恋しく思ったところで逢えもしない。彼女たちはもっとずっと遠い所に住んでいるのだ。

仮設の住宅に移り住めるようになって二ヶ月が経《た》ったころ、私はかつて小料理屋があった場所に行ってみた。買っていたランドセルはもう手元にはなかったが、一目会《ひとめ》いたいと願い、その夏は毎晩そこに通った。だが新子も三日子も私の前には現れることなく、夏が終わってしまった。

新子と三日子に会えないまま、私は国からの斡旋《あっせん》を受け、日雇いの仕事についた。依然として無情のまま道路に立って旗を振り続ける毎日だった。そしてどの年の夏も、ただの一過性の夏として私の横を通り過ぎていった。私は労働の日々にまみれ、次第に新子のことも三日子のことも、やがて忘れがちになっていった。私は再び孤独と連れ添うようになった。

しかしその孤独が突然破れた。二度と開けまいとした箱の留め金が、バチンと、外れた。そしてそのときばかりは、私は新子のことを、そして三日子のことを、一瞬だけ、忘れた。恋をしてしまったのだ。

のちに妻となるその女は、四年前に大崩壊した自分の町の悲惨さを目の当《ま》たりにしたのをきっかけに、看護師になろうと決めて看護学校に通う勤勉な女学生だった。年は私と二《ふた》まわりも違ったが、屈託《くったく》のないあどけない笑顔が言いようもないほどに可愛らしく、なんとも儚げな真一文字の眉をしていた。私の恋心は、彼女のために料理をつくりたいと思わせ、私は再び情を取り戻した。私のつくった高菜のにぎり飯を、夢中で食べる様を目の前にしたとき、私はこの女と結婚しようと決めた。

彼女が学校を卒業するのを待って、私は彼女を妻にした。蕎麦《そば》屋の二階を間借りしたそこが私たちの最初の住まいだった。小さくて、風呂釜の下にはゴキブリが這《は》いまわっているようなボロくさい家ではあったが、私は幸せだった。幸せを物語るかのように、三年後、女の子が生まれた。夏生まれであったので、夏子、と、じつに単純に名付けた。私は五十になっていた。

夏子が保育園に上がる頃、私たち家族は庭付きの借家に移り住んだ。そのころ、私は日雇いの仕事を辞め、割烹の店に勤め直していた。妻は看護師の仕事の傍《かたわ》ら、庭であじさいや朝顔やヘチマを育てることに生活の喜びを味わっていた。贅沢《ぜいたく》はできないが、幸せという実感が自分のそばにちゃんとあると感じられる生活は五年ほど続いた。その幸福が、いきなり断ち切られることとなる。妻が病死した。肺だった。私が六十、夏子が十のときに襲った、この世の果ての生き地獄だった。私は再び、無情になった。

妻が逝《い》って、六年が経つ。夏子はいま、紺色生地に白いラインの入ったセーラー服を着るようになっている。私は店に勤めているが、まだ、無情のまま生き長らえている。

「その幽霊さんは、父さんに愛されへんかったひとなんやろ」

夏子はまだ手にはじょうろを持っている。あの言葉がだれの声なのかをいま、はっきりと思い出した。真実をねじまげて、都合よく生きてきた自分への弱さを知らしめるかのように、強い風が私を吹き付ける。

だって愛しとらんもん。ダンナはんは、あたしを愛しとらんもん。

あのとき、私は、なにも言い返すことができなかった。恐怖したのだ。私の心を見ぬく、依然として何者かよくわからぬ新子そのものに。そして、一瞬でも新子にとらわれそうになった自分自身に。私が魂を注ぎきれないということを、新子は確信したのだろう。新子は、私の無言を喉に縫い付けるみたいに、いったん飲み込んだように見えた。そして急に毅然《きぜん》としたまなざしを私に向けて、こう言ったのだ。

ダンナはんがあたしを愛しとらんのやったら、結婚はせん。どうするんやって、産むよりないやろうね、あたしはダンナはんの赤ちゃんを産みますよ。ダンナはんが一緒に生きたくないのであれば、せめてこの子がお誕生日迎えるときくらいは会わせてやってもええやろか。そしたら、そのときはあたしもダンナはんに会えますやろ。

新子はもう、このときにはひとりで生きていくことを決めていたのだ。

要するに、私は、新子を、捨てたのだ。ただ怖い、というだけの理由で。

真実だ。

あの大洪水で、ほんとうは私も幽霊になるべきだったのだ。なぜ私は逝かなかった。

なぜ神は、彼女たちをその世界に許した。

「このことは母さんにも言うとらんのや」

　私はそう言っていた。

「母さんにも言うとらんことをわざわざ言わんでもええやん」

　夏子はようやっとじょうろを庭に戻しに行った。そして手を洗い、玉子をふたつ、こんこん、ぺちゃ、と、手際よくボウルに割り入れた。玉子焼きづくりは夏子の担当なのだ。

「あ、そういえばもうひとつ伝言」

　じゃーっと玉子焼き器に玉子を垂らし入れながら夏子は言う。

「新子の新は、新月の新って意味なんですって。新子さんって言うんやね、お父さんの、そのひと」

　私は返事をせずに夏子に背を向け、水屋《みずや》から平皿を二枚取り出す。

　悟られないように涙を手の甲で拭った。六年ぶりに、再び人間になった気がする。

　月のない夜に、新子は私の人生に現れた。いま思えば、新子はたしかに月のような女だった。

　じゃーっ。玉子が焼けた。三つ葉がのる。

「うちもお父さんの塩きゅうり、好きやで」

　夏子の眉は、真一文字の儚げな形をしているに違いない。

アーティフィシャル・ロマンス　島津緒繰

初出『5分で読める！　ひと駅ストーリー　冬の記憶　東口編』（宝島社文庫）

人造人間を無料でプレゼントします、というチラシを見つけたアキラは心が躍《おど》った。人造人間の開発に成功し商品化されてずいぶん経ったいまでも、庶民に手が届く値段にはほど遠かった。理想の恋人は〝探す〟のではなく〝買う〟時代に、なんてCMをたまに見るけれど、実際に買えるのは大金持ちだけで、一般家庭に生まれた高校二年のアキラには縁のない話だった。

アキラはチラシを握りしめて、リビングでビデオを見ていた母に相談を持ちかけた。

「母さん、人造人間をタダでくれるんだって」

「それ、くれるんじゃなくて、貸してくれるだけらしいわよ」

よくチラシを見ると、確かに冬の間だけ無料で試用できると書いてあった。

「それでもいいよ。俺、借りてこようと思うんだ」

母はテレビから目を離すと少し驚いた顔をしてアキラを見た。テレビにはランドセルを背負った幼いアキラが映っていた。小学校の入学式のときの映像だった。母は暇なときは大抵アキラの昔の映像を眺めていた。ホームビデオは母の趣味だった。

「いったい何に使うの」

「何に使うって、その、あれだよ。恋人がほしいんだ」

アキラは顔を赤くしながら言った。

「この前テレビで買った人が紹介されていてさ、俺も欲しいんだ」

「そう……アキラもそんな歳《とし》なのよね……」

母はしばらく悩んでいたが、やがて人造人間を借りることを許可してくれた。

冬休み中だったアキラは翌日、人造人間を製造している医療機器メーカーを訪れた。

小さな個室に通されたアキラは、白衣を着た研究者風の若い女性に膨大《ぼうだい》な量の質問をされた。

「クローンとオリジナル、どちらのサンプルを希望されますか」

「クローンって何ですか」

パソコンの画面から目を離さずに言う女性に向かって、アキラは聞いた。

「好きなアイドルとか、クラスの気になる女子など、完全なコピーはできませんがそっくりに作ることができます。すでに亡くなってしまった人間のコピーを希望されるお客様もおられます」

「そういうのはとくにいないので、オリジナルでお願いします」

「オリジナルですね。では外見から。ご希望の年齢、身長、体重、スリーサイズ、肌の色、目、鼻、口の形と大きさ、髪の色、髪の長さなどはございますか」

「うわっ、大変ですね。何も考えてなかった」

「漠然《ばくぜん》とした好みでも結構ですよ。美人系、可愛い系、幼女系、ドS系などなど」

「……じゃあ……同い年ぐらいの可愛い系で」

「次は性格等を設定します。ツンデレ、クール、ボーイッシュ、天然、わがまま、清純など、他にご希望の性格はございますか」

「優しい人なら何でもいいです。普通で」

「わかりました。では次の質問です。彼女には偽《にせ》の記憶を与えますか　例えば、初恋の相手だったとか、告白したのは彼女からとか、要するに過去を捏造《ねつぞう》するわけです。記憶付きの彼女はお客様に大変好評でして」

「一から関係を築きたいんですけれど……」

「ええ、構いませんよ。苦労されるかもしれませんが……これで質問は終わりました何か質問はございますか」

「あの、本当に無料で貸して貰えるんですか」

「もちろん無料ですのでご心配なく。我が社は長らく業績不振に陥《おちい》っていましたが、人造人間の無料レンタルを始めてからは驚くほど売上が伸びています。どんなによい製品でも知らなければ買えませんからねえ。もう一体ほど追加でどうです」

　それまで無表情だった女性がアキラに向けてニッコリと微笑んだ。

「最後に一言。今回貸し出しますサンプルは、大変安価な細胞で構成されています。突然変異が起こりやすく、紫外線の蓄積は癌《がん》細胞発生の要因となります。よって試用期間は二月末日までとさせていただきます。よろしいですね」

後日、人造人間はアキラの家に届けられた。というか、自分で歩いてやってきた。裸などではなく、ちゃんと年相応の女の子がするような冬の装いで。

長い黒髪が綺麗な可愛い女の子だった。

「今日からアキラ君の彼女になりましたサクラです。よろしくお願いします」

機械的な響きなどまったくしなかった。女の子の肉声だった。

サクラというのは質問されたときに適当にアキラが付けた名前である。

差し出された手を握ったアキラは、彼女の体温と皮膚の柔らかさを確認した。これはモノではなく生き物だった。もう少し作り物めいた女の子を想像していたアキラは、人間の女の子と向き合ったときと同じような緊張を強《し》いられた。

「ここがサクラの部屋だよ」

「ありがとうございます」

アキラは用意していた空き部屋にサクラを案内した。

ベッドは寝るところであるとか、ドアはノブを回せば開くとか赤ん坊に聞かせるように説明したが、一般常識は完璧に理解していた。外見も内面も普通の高校生と何ら変わらなかった。ただ、アキラの母と挨拶《あいさつ》した後は何だか様子がおかしかった。

「サクラちゃん、困っていることがあったら何でも言ってね」

「ありがとうございます。お世話になります」

「アキラ、よかったわね」

母は、そう言ってアキラを愛《いと》おしそうに見つめていた。

「早く出て行ってくれよ」

母の愛情はありがたかったが、いい加減子離れしてほしいとアキラは思っていた。

母が部屋から去った後、サクラに質問された。

「あの方がアキラ君のお母さんですか」

「そうだよ」

「アキラ君はお母さんがいるので、アキラ君は息子なんですね」

「それがどうかした」

「……私にはお母さんがいないので、母と息子というものがよくわからないんです」

「サクラは自分がどうやって生まれたか知ってるの」

「知っています。記憶が与えられなかった者には、自分が人造人間であることを知らされます。ですが、私は何なのでしょう。私は娘だったことがありません。人間は誰だって息子か娘になれるのに。人造人間とは何なのですか。私は自分がアキラ君の彼女だということしか知らないのです」

寂しそうに語るサクラを見ると、アキラは無性に彼女を守りたくなってきた。

「サクラも記憶が欲しかったのか」

記憶を彼女に与えることを勧めてきた医療機器メーカーの女性のことを思い出すアキラだった。

確かに記憶がないと不便だった。

サクラが記憶がないことに苦しむのであれば、それは自分のせいだった。

「記憶《思い出》が欲しいです」

「記憶《思い出》ならこれから作ろう。サクラは俺の彼女なんだ。サクラは何も心配しなくていいんだ」

アキラはサクラをそっと抱きしめた。まるで本当の恋人同士のように。

夕食のとき、サクラは「どうぞ」言ってアキラにごはんを食べさせてくれた。

付き合いだしたカップルのよくある光景だった。

人造人間との交際だというのに、母は偏見《へんけん》など持たず静かに見守ってくれていた。

人造人間と交友を結ぶ者はいまだに社会から白い目で見られる傾向にあった。

でもアキラと母は知っていた。人間と人造人間の違いなんて微々たるものであるということを。愛おしいと思える人が作り物かそうでないかなど、関係がなかった。

アキラとサクラと母は幸せだった。

サクラとの楽しい日々は瞬《また》く間に過ぎていき、とうとう別れのときがやってきた。

玄関に白衣の女性が現れたのを見て、アキラは必死になって尋《たず》ねた。

「俺、サクラを本当に好きになってしまったんです。サクラを連れて行かないでください」

「サンプルの記憶はセーブされ、製品版をご購入の際にロードすることができます」

「いくらですか、製品版」

「五百万円からご用意しております」

「払えるわけないじゃないですか。お願いします。サクラを連れて行かないでください」

「あと数日で皮膚の癌化が加速し、見るに堪《た》えない姿になります。ご了承ください」

名残惜《なごりお》しそうに涙を浮かべていたサクラの手を、女性は強く握った。それと同時に、女性はアキラの手も握ろうとした。気付けば母が床に座り込んで号泣《ごうきゅう》していた。

「ごめんなさい、アキラ。私、寂しかったのよ。もう一度あなたに会いたかったの」

アキラは女性に手を握られているわけを悟って、背筋がぞっとした。

「本当のアキラは、交通事故で三年前に亡くなったのよ。私、寂しかったの」

「ふざけるな！　俺は人間だ！　思い出だってちゃんとあるんだ。小学校の入学式で俺は母さんから離れたくなくてずっと泣いていた。最後におねしょをしたのは小学二年の夏休みだ。小学四年のとき犬に足を噛まれて以来、俺は動物が嫌いになった。俺はインフルエンザに罹《かか》ったせいで小学校の修学旅行には行っていない。あのとき母さんはずっと俺を慰《なぐさ》めていてくれた。俺が人造人間だなんて何かの間違いだ！」

「母さんがお願いしてね、アキラに記憶を与えてもらったの。母さん、きっとお金を貯めて、アキラを取り戻しにいくわ。また会えるわよ」

アキラは女性の手を振りほどいて暴れ始めた。

女性が端末を取り出して操作し始めると、アキラは急に大人しくなった。

記憶が消去されたのだった。

「それでは、ご利用ありがとうございました」

女性が運転する車の後部座席に、アキラとサクラは二人して座っていた。

「アキラ君……」

サクラは心配そうにアキラを見つめていた。

虚《うつ》ろな目をしたアキラは何も答えず、流れていく窓の外の景色をただ眺めるだけだった。

雪化粧した街は、どこを見渡しても真っ白で美しかった。

忍者☆車窓ラン！　友井羊

初出『５分で読める！　ひと駅ストーリー　乗車編』（宝島社文庫）

電車を一本乗り過ごした俺は、ドアの脇に陣取りながらため息をついた。駅に着いてから走っても打ち合わせには遅刻だろう。ため息をつきながらふと窓を見たら、忍者が走っていた。

「え？」

窓から見えるのは住宅街で、数十キロの速度で視界から流れ去っていく。忍者は屋根を飛び移りながら、電車と並んで走っていた。

全身が黒で、顔も布で覆われた忍び装束《しょうぞく》だ。自信を持って海外に輸出できる、完璧な忍者だった。

自分の顔がガラスに映りこんでいるのに気づく。口を半開きにした間抜け面《づら》があって、何とか普通の表情を取り繕《つくろ》う。しかしこんな顔になるのは当然だ。窓の外を忍者が走っているのだから。

三階建てから平屋へ、打ちっぱなしのコンクリートから日本家屋へ。忍者は器用に跳躍《ちょうやく》と着地を繰り返している。俺はテレビゲームを思い出していた。全方向に移動できる最新版ではなく、昔ながらの横スクロールアクションだ。頭のなかにゲームのBGMが流れはじめた。

気になって車内を見回す。大学生くらいの女は手鏡をのぞきこんでいて、サラリーマンは新聞に夢中だ。物音がしたので顔を向ける。若い母親が手荷物を床に落としたらしく、慌てた様子で拾っていた。そばにあるベビーカーで赤ん坊が寝息を立てている。誰もが自分の時間に一生懸命だ。

忍者は電柱のてっぺんを飛び跳ねている。等間隔で目の前を通過する電柱に、俺は自然と全身でリズムを取っていた。

田園地帯を抜け、今度は工業地帯を通過する。廃車の山に忍者が着地した。車がわずかに傾き、忍者もバランスを崩す。その一瞬で電車から引き離され、視界から消え去る。俺の胸に落胆があふれた。

しかし数秒後、忍者は車窓の向こうに戻ってきた。必死に追いついてきたのだろう。肩で息をしているのが、遠くからでもわかった。

併走ではないのかもしれない。きっと、電車と同じ速度で走るために全力なのだ。超人的な身体能力をもってしても、追い抜くのは不可能なのだ。

忍者から鬼気迫るような執念が発散されている気がした。なぜ電車を追うのだろう。忍者は与えられた任務に命をかける。それだけの意味がある何かが、この電車にあるのだろうか。自然と俺は、自身の境遇に想いを馳《は》せていた。

俺は今、平凡な毎日を過ごしている。前の職場の労働環境は最悪で、文字通り命を削っていた。そんな折《おり》に同僚が倒れて、俺のなかで何かが切れた。逃げるように辞めたのが二年前で、すぐに今の会社に就職した。

風を感じて、俺は顔を上げた。赤ん坊連れの母親のいるあたりから吹いてきたように思ったが、窓は閉まっていた。開けてすぐに閉めたのだろうか。空に煙のようなものが見えて、すぐに消えた。疑問に思ったが、俺はすぐに視線を戻した。

視界がひらけ、眼下に河川が広がる。鉄道橋に入ったのだ。元々大きな川なのに、今朝まで降り続いた豪雨のせいで増水していた。

忍者は川岸で大きくジャンプした。飛び越えるつもりだろうか。しかし向こう岸まで届くほどの跳躍力はないようで、放物線を描いて降下していく。中州も水に飲みこまれ、着地する足場がない。このままでは落下地点は水面だ。

川に落ちても水遁《すいとん》の術があるし、水蜘蛛《みずぐも》の術で水面を移動することは可能だろう。しかし木でできたシャンプーハットみたいなものを足につけたまま、水上を電車と同じ速度で移動できるはずはない。このままでは再び離されてしまう。俺は固唾《かたず》を呑んで忍者を見守った。

忍者は中空で人差し指と親指を口につけた。そして一気に息を吹きつける。騒音と窓に遮《さえぎ》られて聞こえないが、指笛のようだった。

大空からひとつの影が滑空してくる。それは巨大な鷲《わし》だった。

鋭い爪をもった両足で忍者の片腕をつかむ。力の限り両翼を羽ばたかせると、忍者の体が浮き上がった。

だが人間ごと飛ぶのは無理なのだろう。翼は徐々に力を失っていく。上昇のおかげで忍者はぎりぎり河原までたどり着いた。電車から離されることなく、再び忍者は走り出す。

体力を使い果たしたのか、鷲は力なく水面に落下した。忍者は振り向きもしない。死にはしないだろうが、手塩にかけて育てた忍鳥《にんちょう》だったはずだ。少しくらい心配してもいいように思えた。非情と言えたが、任務のためなら犠牲もいとわない使命感に俺は打ち震えた。

毎日が退屈だった。業務は単調で、与えられた仕事をこなすだけだ。安定した職場をありがたく思うべきなのかもしれない。しかし胸がたぎるような情熱は、今の仕事には見出《みいだ》せなかった。

スーツに身を包んだまま、情熱のない人生がずっと続くのだろうか。走り続ける忍者の姿のせいで、胸の奥に焦《あせ》りが芽生えるのがわかった。

電車は再び住宅街に入る。忍者の走りは安定していた。あと少しで駅に到着する。目的地は駅だろうか。それともさらに先にあり、停車する電車を置いていってしまうのだろうか。

どちらにしろ、俺は次の駅で降りねばならない。最後まで見守りたかった。駅に到着してほしくなくて、前方へと目を向けた。

住宅のベランダに主婦がいた。プラスチックのかごを抱えていて、洗濯物を干しているようだ。その洗濯物の中に、俺は白い光を見た。

「あぶない！」

心の中で叫んでいた。次の瞬間、主婦が跳躍した。

跳び上がった主婦は屋根まで達し、疾走する忍者と交錯《こうさく》する。閃光《せんこう》のような速度で主婦が忍刀《にんとう》を繰り出す。太刀《たち》より短く脇差《わきざ》しより長い、反《そ》りのない刀身が特徴だ。白刃《はくじん》が陽光を反射させた。

しかし切り裂いたのは、先ほどまで自《みずか》らが干そうとしていた洗濯物だった。変わり身の術に翻弄《ほんろう》されたわずかな隙を突き、忍者のくないが主婦の急所に刺さる。次の刹那《せつな》、主婦は力なくベランダへ落下した。

全ては一瞬の出来事だった。あの主婦は刺客《しかく》だったのだ！

忍者が懐《ふところ》から布を取り出し、走りながら脇腹に強く結ぶ。すぐに赤黒い染みを作った。どうやら攻撃をかわしきれなかったようだ。

涙があふれそうになる。忍者は命をかけて任務にあたっている。一方俺には何もない。全身全霊を傾ける仕事をしたいと、本心から願っていた。

忍者は住宅の屋根を走る。着地するたび、瞳が痛みに歪《ゆが》んだ。がんばれ、がんばれ。

窓ガラスを隔てた忍者に渾身《こんしん》のエールを送る。

そのとき、車内から舌打ちのような声が聞こえた。ひどく小さく、拾い上げたのは俺の耳だけだろう。気づかない振りをして、窓の外を見つめた。

電車は市街地に入り、ビルが増えていった。忍者は街灯や看板へ飛び移るが、徐々に勢いが鈍っていた。きっと傷が深かったのだ。このままでは電車に離されてしまう。

駅まで距離があるにも拘《かか》わらず、電車が速度を弱めた。忍者と同じくらいの速さだ。

運転手が気を利かせたのだろうか。いぶかしく思っていると、アナウンスが流れた。

「次の駅に先行の電車が停まっているため、速度を落としております」

天から与えられた偶然に感謝した。普段なら数分遅れる電車に悪態をついていただろう。現にこの遅れのせいで遅刻は決定的だ。しかし必死に街路樹を跳ねる忍者に比べれば、会議などささいなことだった。

俺の応援は届いていないはずだ。だが足取りは、徐々に力強さを取り戻していく。

電車の速度が上がるのに合わせるように、忍者も速くなっていった。

心の叫びが溢《あふ》れ出し、声になろうとした直後だった。

轟音が目の前を通り過ぎた。逆方向に進む電車とすれ違い、窓ガラスが揺れる。忍者の姿が消えてしまう。

電車が通り過ぎる。しかし窓の向こうに忍者の姿はない。車掌のアナウンスが、もうすぐ駅に到着すると告げた。

ドアが開き、車内にいる客がいっせいに降りはじめる。俺はホームの真ん中で立ち尽くしていた。人々が階段へなだれこみ、それぞれの役割に向かう。でもこのまま会社に行って、俺は何をするのだろう。

そのとき耳がかすかな吐息を拾い上げた。俺はホームの端にある死角へと走った。

そこは人の流れから外れ、薄暗い空気が溜まっていた。

黒装束の忍者がうずくまっていた。

流れる血の量に俺は絶句した。これだけの深手《ふかで》を負いながら、電車と同じ速度で走っていたのか。

忍者は力なく俺を見上げた。弛《し》緩《かん》した身体は死人のようだったが、瞳には強靭《きょうじん》な意思が宿っていた。

「頼む。さらわれた幼き姫君《ひめぎみ》を助け出してくれ」

ほんの一瞬、瞳に穏《おだ》やかな色が差した。

「車内から拙者《せっしゃ》を見ていただろう。其方《そなた》の激励《げきれい》は我が心に届いていたぞ」

忍者の腕が血だまりに落ちる。発車のベルが鳴りはじめた。

おそらく超一流の使い手なのだろう。隠形《おんぎょう》の術によって気配を消し、普通の人間には姿を認識できないようにしていた。だからこそ、己《おのれ》の術が見破られていたことを察知していたのだ。

誘拐《ゆうかい》したのは舌打ちの主で、おそらく若い母親のふりをして電車に乗っていたのだ。姫君はベビーカーで寝ていた赤子《あかご》に違いない。手荷物を落としたのは、追っ手に気づき動揺したためだろう。車外に見えた煙は連絡用の狼煙《のろし》だ。あれで刺客に襲撃を命じていたのだ。

名も知らぬ忍びよ。貴殿《きでん》の遺志は拙者が受け継ごう。

ネクタイに指をかけて一気に引き抜く。瞬時に全身が忍び装束へと変化する。

前の職場である忍びの里を抜けたのは二年前だ。

主婦との尋常《じんじょう》ならざる攻防も、常人には速すぎて視認できない。俺の目に映ったのは、過酷な前職の賜物《たまもの》だった。

鈍《なま》った体がまともに動くかわからない。だがおそらく大丈夫だ。骸《むくろ》となった男から受け継いだ魂が、胸に熱く燃えさかっているのだから。

「いざ、推《お》して参《まい》る！」

ベルはとうに鳴り終わっている。電車を追いかけるべく、俺は全力で駆けだした。

真紅の蝶が舞うころに

有沢真由

初出『５分で読める！　ひと駅ストーリー　本の物語』（宝島社文庫）

陽の光が薄《う》っすら届くだけの深い森林の中で、大《だい》は途方に暮れていた。珍しい真紅の蝶を見つけ、その美しさに心を奪われて追いかけているうちに、すっかり山の奥へと迷い込んでしまったのだ。生い茂った樹木に囲まれ方角すらわからない。そのうえ、どこで引っかけたのか片方の草履《ぞうり》の鼻緒《はなお》が切れてしまっている。

「誰か……誰かきておくれ」

べそをかいていると、草を掻《か》き分ける音がして見知らぬ男が現れた。黒い頭巾《ずきん》を被った白装束《しろしょうぞく》の男。首からは丸い梵天《ぼんてん》のついた結袈裟《ゆいげさ》を提《さ》げ、手には念珠《ねんじゅ》を持っている。山伏《やまぶし》だ。大がビクリと身体をすくめると、彼はよく通る声で言った。

「案ずるな。道案内してしんぜよう」

山伏は慣れた手つきで大の草履の鼻緒を直すと、さっさと歩き始めた。大は戸惑いながらも、置いていかれぬよう小走りに山伏の後を追った。

「私がどこの誰かもご存知ないのに、家の方角がわかるのですか」

「そなたのことは知っている。年は十三、名は大」

山伏はそう言い当てると、振り返りもせず更《さら》に歩調を速めた。大は何故《なにゆえ》自分を知っているのかと怪訝《けげん》に思ったが、山伏が先へ先へと進んでいってしまうので、訊《たず》ねている余裕はない。ようやく知った道まで辿《たど》り着いてほっとしていると、山伏は懐《ふところ》から一冊の薄い書物を取り出した。

「これをやる。あとで読むがいい。だが一つ掟《おきて》がある。この書物の存在や、その中身を決して他言してはならぬぞ。言えば天の怒りを買い、その場で死ぬ」

大は山伏の迫力に圧倒されながらも頷いて、その書物を受け取った。しかし着物の袂《たもと》か帯の間かどちらに隠そうと迷っているうちに、山伏の姿は消えていた。

怖いもの見たさも手伝い、大は一刻も早く書物を読みたかった。霊力を持つと言われる山伏がわざわざくれたのだから、余程珍しい話が書かれているに違いない、と。幼い頃から手習いを受けているので読み書きはできる。家に戻ると「風邪をひいた」と嘘をついて早々と布団に潜りこみ、帯の間から書物を取り出した。

ざらついた触感の生成《きな》り色の表紙には題目が書かれていない。見開きも白紙だ。違和感を覚えつつもう一枚めくってみると、わずかに一行だけ記されていた。

『近々、他家に嫁《とつ》ぐ』

自分に向けられた言葉のような気がして、大は胸がざわめくのを感じた。周辺には十《とお》になるのを待たずに嫁いだ者もいる。自分もいつそうなってもおかしくはない。

だがこれはあくまで物語だ。主人公は自分と同じ嫁入り前の娘なのかもしれない、と冷静さを取り戻してもう一枚めくってみた。

『子を授《さず》かる』

今度はたったそれだけだ。その後も一枚おきに一行ずつ短い文章が綴《つづ》られていた。

『三年後に離縁され、子とも別れる』

物語というよりも、まるで覚書《おぼえがき》か日次のようだ。しかも離縁だの子と別れるだの縁起でもない。胸が躍るような話を期待していただけに肩透かしをくらった気分だ。がっかりしながらも、大は仕方なく次をめくった。

『子が囚《とら》われの身となる』

不満が募《つの》るのを感じつつ、口を尖らせてもう一枚めくる。

『ふたたび他家へ嫁ぐ』

さすがに失望の溜息《ためいき》が漏れた。だがもう一枚めくったところで、大はカッと目を見開き小さな悲鳴をあげた。

『離縁した前夫が殺される』

この先は読みたくもないと大は書物を閉じた。動悸《どうき》が収まらず胸に手を当てる。

山伏はいかなる意図で、文《ふみ》の羅列《られつ》に過ぎないこの不気味な書物を渡したのだろう。怯《おび》えさせるためか。だがそれなら樹海の中から救い出したりはしないだろう。

いっそ全てを両親に打ち明けようかと大は思った。この書物は近くの寺に持っていき、お焚《た》き上げをして貰えばよい。だがもし他言すれば、山伏の神通力で本当に死んでしまうかもしれないという恐怖もあった。

「とんだ秘めごとを抱えてしまった」

書物を貰ったことを後悔してると、みしみしと縁側を歩く足音が聞こえた。母親が様子を見にきたのだろう。大は慌てて書物を布団の中に隠した。

「具合はどうじゃ」

「おかげさまで少し楽になりました。明日には良くなるかと」

「そうしてもらわねば。実は明日、父上から大切なお話がある」

「どのようなお話でしょう」

「母から聞いたことは内緒ぞ。喜びなされ。そなたに縁談じゃ」

母親の言葉に、大は身体を射抜かれたような衝撃を感じた。書物の冒頭にあった『近々、他家に嫁ぐ』という文言《もんごん》が頭を過《よ》ぎる。震えが収まらず、結局その晩は一睡もできなかった。

――あの山伏は私を知っていると……。先方に頼まれて様子を見にきたのやもしれぬ。余計なことを申して、父上や母上にご心配をかけとうない。

山伏の言いつけには逆らわないのが無難だと考えた大は、夜中にそっと布団を抜け出すと、木箱に書物を入れて蓋をしてから麻紐できつく縛った。そして翌朝、家人が起きる前に裏庭の松の木の傍《そば》に穴を掘って埋め、上から土を被せた。

それから程なくして縁談がまとまり、大は他家に嫁いだ。無気味な文言が気になってはいたが、幸いにも嫁ぎ先の夫とは馬が合い、子にも恵まれた。そして子育てに追われ忙しい日々を送るうちに、例の書物のことは自然と頭から消えていた。

ところが輿入《こしい》れから三年目――。大は仲の良かった夫から一方的に離縁を言い渡された、愛する我が子を取り上げられた挙句《あげく》、家から追い出されてしまったのである。

泣く泣く実家に帰る道すがら、大はふと昔のことを思い出した。

――そういえば、あの書物に三年後に離縁すると書いてあった。

雷に打たれたかのように大はその場に立ちすくんだ。輿入れの時期、子の誕生、三年後の離縁という三つの出来事が、あの書物の文言と一致している。

「あれはただの書物ではない……予言書……私の運命《さだめ》の書なのじゃ」

そう悟った大は、他に何が書かれていたかと必死で記憶を辿り、『子が囚われの身になる』とか、『離縁した前夫が殺される』といった残酷な文言を思い出した。

――予言が当たらぬようにしなければ。私にはそれができる。

実家に着いたら、裏庭から木箱を掘り起こし、あの書物を持って再び戻ろうと大は決意した。文言を別れた夫に見せて、迫りくる不運を避けるよう進言しなければならない。他言無用という書物の掟は気がかりではあるが、そんなことは二の次だ。

「掟を破り、命が潰《つい》えたとしても構わぬ。かけがえのないお人を見殺しにするくらいなら、いっそ私が死ぬ方がましというもの」

大は実家に戻るや否や、「理由《わけ》は聞かないでください」と両親に告げると、必死で裏庭の松の木のあたりを掘り返した。ところが、いくら掘っても木箱は出てこない。ひょっとすると誰かが掘り起こしてしまったのかもしれないと、大は鬼気迫る表情で、自分が留守の間にここを掘らなかったか家人や下働きの者に問い質《ただ》した。するとと大の父親は、「馬鹿を申すな」と怒って部屋に引き上げ、母親は、「誰も掘ったりはせぬ。そなたは疲れておるのじゃ」と同情の涙を浮かべた。

幾年かが過ぎ、我が子が囚われの身になったことを人づてに知った大は、運命を呪い狂わんばかりに泣いた。予言通りに再嫁の話もまとまったが、大は嫁いでからも別れた前夫や、捕らえられた我が子が気がかりでならなかった。

そして遂に、もっとも怖れていたことが起きてしまう。離縁した夫が殺されたのだ。大は容赦ない運命の力に打ちひしがれると共に、たとえようのない畏怖を感じた。

どう足掻《あが》こうが、やはり運命からは逃れられない。幸いであれ災いであれ、自分に起きる出来事はすべて決まっているのだ。

これから先、自分に何が起きるかもあの書物を読めばわかる。だがそれも無くなってしまった。

——それで構わぬ。運命など知らぬ方が良いのじゃ。知ったところで囚われるだけ。これからは我が子の無事を祈りながら、今の夫にせいぜい尽くそう。

それからも不安や恐怖に駆られたり、悲しみに暮れることが何度もあったが、大は何が起きてもそれを〝予《あらかじ》め定められた出来事〟として受け止めるようになった。

それに辛いことばかりではない。囚われの身だった我が子が解放されたという吉報が届いた時は、喜びの声をあげてその場で小躍《こおど》りした。だがその子は常に危険と背中合わせの毎日で、命を落としかけたことも一度や二度ではないらしい。そういう話を風の便りで聞くたび、我が子もまた、抗《あらが》うことのできない運命という過酷な鎖《くさり》につながれているのだと心を痛めた。

長い長い時が過ぎ、大は病《やまい》を抱えた老女になっていた。薬師《くすし》の見立てによれば、治る見込みはまずないという。床に臥《ふ》せったまま虚《うつ》ろな目で天井をぼんやり見つめていると、真紅の蝶が軽《かろ》やかに飛んでいる姿が目に映った。

——なんと美しい。幼い頃に見た、あの時と同じ蝶じゃ。

その蝶は舞うように飛ぶと、ある物の上で羽根を休めた。なんとか起き上がり近づいて見ると、何故かそこには木箱に入れて埋めた筈のあの書物があった。

「何故ここに？」

不思議に思いながらも大は書物を手に取った。だがもう怖れることはない。たとえ何が書いてあったとしても済んだ話だ。今となっては、それはもう不吉な予言書などではなく、気苦労の絶えなかった大の一生を記した記録帳に過ぎなかった。

——こうしてみると、人の一生は一つの物語のようじゃ。

大は書物をめくり、運命に翻弄《ほんろう》された数奇な一生を振り返り懐かしんだ。そして残すは最後の一枚となったとき一旦《いったん》手を止めた。恐らく次の項には自分の死期が記されているのだろう。厳《おごそ》かな気持ちで最後の一枚をめくると、『本日、天に召される』と書いてあった。大はほんの少しだけ手をびくつかせたが静かにそれを受け入れた。

だがもう一つ不思議なことが起きた。逝去《せいきょ》を予言した項の次に、先程まではなかった紙がもう一枚増えているではないか。これ以上何を知れというのかと思いつつも、大は突如として現れたその紙をめくってみた。

するとそこには来年起きるであろう、ある出来事が予言されていた。その一文を読んだ大は、皺《しわ》だらけの顔をほころばせて喜びにむせび泣いた。

「ようやくこの書物と出会った意味がわかった。他言無用という掟《おきて》の理由も……この書物は、私がこの目で見届けることのできない幸いを教えるために、天からもたらされた大いなる恵みだったのじゃ……良かった。これで何ひとつ思い残すことはない」

涙が書物に落ちるとそれは消えてなくなり、同時に大も息を引き取った。

翌年、大の忘れ形見である息子が大きな転機を迎えた。その人物の名は徳川家康《とくがわいえやす》。征夷大将軍《せいいたいしょうぐん》として江戸に幕府を開府した。

男は車上にて面影を見る

木野裕喜

初出『5分で読める！　ひと駅ストーリー　降車編』（宝島社文庫）

「お嬢さん、顔色が優《すぐ》れないようですが」

声をかけたのはただの気まぐれだ。

自分以外に乗客がいるのは想定外だった。運が悪いとしか言いようがない。

「……大丈夫です。少し、落ち着かなくて」

年のころ、十七、八の少女は弱々しく微笑んだ。普段なら溌剌《はつらつ》としているであろう表情は不安に曇り、全身からやつれたような雰囲気を漂わせている。

「何か急ぎの用事でも？」

他愛無い会話を始めると同時に、列車もゆっくりとスタンツィヤ駅を発車した。

「父が、倒れたという報《しら》せを受けまして」

「なんと……」

「おそらく、朝までもたないだろうと」

「そこまで……。それで、誰も乗らないような最終便に。お父上はフィーニスに？」

「いえ、アルニナです」

「アルニナ？　この列車はアルニナには停車しませんよ。フィーニスに直通です」

エンプレサリオール鉄道、スタンツィヤ駅発、フィーニス行き。両駅の中間地点にはアルニナという駅が一つだけある。ただし利用客が極めて少数ゆえ、日中の限られた時間にしか停車しない。

「存じています。ですが始発を待つとするなら、スタンツィヤよりもフィーニスからの方が、アルニナへは多少なりとも近いので」

「始発……。しかし、お父上は」

間に合わない。そんなことは言わずとも、彼女とて承知している。

「フィーニスに着いたら馬車を出してもらうというのは、難しいでしょうか」

「馬車ですか。アルニナは山間《やまあい》の僻地《へきち》——ああいや、失礼。入り組んだ森の中にありますから、この時間からというのはさすがに」

「そう、ですよね」

彼女の表情に諦《あきら》めの色が濃く浮かんでいく。

「お父上と、仲がよろしかったのですね」

問いに、彼女は少し言い淀《よど》んでから答えた。

「……よくは、ありませんでした。私が家を出ることも、最初は反対されました」

「心配されていたのですよ。親なら当然です」

私にも娘がいる。いや、いたから父親の気持ちがよくわかる。

「どうしても、やりたいことがあって」

「やりたいこと？」

「服の仕立てで自分の店を持ちたくて。今はまだ、ただの見習いにすぎませんが」

「立派なことだと思います」

しかし彼女は首を横に振った。

「最初は何だってできると思っていました。ですが、実際は全然思うようにいかず。アルバイトで貯めたお金もすぐ底をつき……。生活も、あっという間に立ち行かなくなって……」

贖罪《しょくざい》にも聞こえる彼女の言葉に、私は黙って耳を傾けた。

「怒られると思いました。それ見たことかと叱られると思いました」

声をかすれさせながら彼女は独白を続ける。

上京して以来、一度も帰省していないこと。

そんな自分にずっと仕送りしてくれたこと。

応援する。頑張れという手紙を貰ったこと。

彼女は父のことを、いつしか涙をこぼしながら語っていた。

我儘《わがまま》ばかり言ってごめんなさい。

迷惑ばかりかけてごめんなさい。

心配ばかりさせてごめんなさい。

今までありがとう。

父に一言《ひとこと》そう伝えたいのだと彼女は言った。

「すみません。みっともないところを。父と年恰好が似ておられたので、つい」

「私にも、去年まで貴女と同じ年頃の娘がいたので、他人事とは思えませんでした」

「去年まで？」

「……事故で」

「ご、ごめんなさい！」

「いえ、こちらこそ配慮に欠けていました」

「……では、今は奥様とお二人で？」

「妻も、元々体が弱かったこともあり、娘を産んで間もなく。今は独り身です」

「か、重ね重ね、何と申してよいやら」

「はは、気になさらないでください」

不覚にも和《なご》んでしまった。そういえば、娘を亡くしてから初めて笑った気がする。

「お嬢さんとは、仲がよかったんですか」

「ええ、よかったと思います。妻を亡くしてからは、娘が私の生き甲斐《がい》でした」

意識不明の重体だと聞かされ、私はすぐ病院に駆けつけた。娘は事切れるまで一度も目を開けることはなく、私はそんな娘の手を、ただ握っているしかできなかった。

「頭が真っ白になり、何も考えられなくなりました。仕事も全く手につかない有様で」

「お仕事は何を？」

私は少し間を置いてから答えた。

「実は、このエンプレサリオール鉄道の社員をやっておりまして。といっても、娘の死のごたごたで、辞めてしまったのですが」

正確には、辞めたのではなく、辞めさせられたのだ。

勤続二十年。自分でも会社に尽くし、よく働いたと思う。

だが、そんな私の働きに対し、会社は報《むく》いてはくれなかった。

おりしも会社の業績悪化に伴い、人員整理が推《お》し進められていた時期。娘を亡くしたショックでミスが続いていたのをいいことに、やってもない失敗の責任まで押し付けられた。「君はもう、この会社にとって邪魔なだけだ」そんな上司の言葉と共に、私はあっさりと会社を追い出された。

生き甲斐を失くし、仕事を失くし、そして私は生きる気力をも失った。残ったのは悲しみと、会社への憤《いきどお》りだけだった。

「お嬢さんは、貴方が父親であったことを感謝していらっしゃるはずです」

感謝などいらない。親よりも長く生きてほしかった。

私が望んでいたのはそれだけだ。

「子が親より先に死ぬことほど親不孝なこともありませんよ」

「そうかもしれません。でも、亡くなるのが親であれ子であれ、大切な人を失うのは等しく悲しいことだと思います。貴方が亡くなれば、貴方のお嬢さんは悲しみます」

「ですから、娘はもう」

「いいえ、悲しみます。絶対です」

家族なんですから。彼女はそう続けた。

それは私にだけでなく、父を失う際《きわ》に立たされた自身にも言っているようだった。

「間に合うと、いいですね」

私の言葉に、彼女は辛い気持ちを押し殺すようにして頷いた。

励ましの台詞《せりふ》とは裏腹に、私の胸中は冷えていた。視線を落とすと、この日のために用意した鞄とその中身が、私の足元でその時を待っている。

彼女は間に合わない。私はそれを知っている。仮にフィーニス駅で仕事熱心な御者《ぎょしゃ》が彼女を待っていたとしても、彼女が父親のもとに辿《たど》り着くことは決してない。

何故ならアルニナ駅を過ぎた所にあるトルゥバー橋、そこが終着地となるからだ。

鞄の中にある物を列車の機関部で使えば、列車は脱線し、橋から谷底へと落ちる。

そうなれば、助かる見込みは万に一つもない。

先ほど、運が悪いと思ったのは嘘ではない。

運が悪いのは私ではなく、この列車に乗り合わせてしまった彼女だ。

「じきに、アルニナを通過してしまいますね」

「そう……ですね」

彼女は真っ暗な窓の外に目をやり、悲しそうに唇を噛み締めた。

同情はする。しかし私は計画を実行する。

計画どおり事故を起こせば、この鉄道はしばらく運行できなくなる。しかも死者を出したとなれば、会社が受ける損害は甚大《じんだい》だろう。

会社への報復。そして、死ねばあの世で妻と子に会える。そう考えて、この計画を立てた。

目の前の彼女も、死ねばあの世で父親と話せるかもしれない。利害が一致している。

私は家族に会いたい。彼女は父親に会いたい。死ねば会える。それでいいはずだ。

そう自分に言い聞かせていると、窓の外を見たまま彼女が口を開いた。

「これで……よかったのかもしれません」

「どうしてです？」

「父の死に目に会ったら、私はきっと、その死を引きずります。間に合わないのは、自分のことはさっさと乗り越えて強く生きろという、父からのメッセージなのかもしれません。私はまだ生きています。だったら父の分まで頑張って生きていかないと。そうしないと、今度こそ父に叱られてしまいます」

そう言って、彼女は柔らかく笑ってみせた。

その笑顔に私は目を剥《む》き、息を呑んだ。

思わず娘の名を口にしそうになったのだ。

「どうかされました？」

「……一つだけ……聞かせてください」

この質問に意味など無い。娘はもういないのだから。

それでも私は、この少女の言葉を通して知りたかった。

「もし貴女とお父上の立場が逆なら、最期に貴女はお父上に何をしてほしいです？」

思えば彼女に声をかけたのも、無意識に娘の面影を重ねたからなのかもしれない。

そして私の問いに、少女は迷い無く答えた。

「手を、握っていてほしいです」

「……手を？」

戸惑う私に、彼女は再び優しく微笑んだ。

「家族の傍《そば》にいたい。それが何よりも望むことです。気づくのが、遅すぎましたが」

「……そう、ですか。……私の娘も、そんな風に思っていてくれたでしょうか」

「ええ。きっと」

彼女の力強い言葉は私の胸に染み渡り、濁《にご》り固まっていた何かを溶かした気がした。

俯《うつむ》いた顔の下で、私は表情を和《やわ》らげた。

「少し、席を外します」

そう言って、私は鞄を手に席を立った。


――爆発音が轟《とどろ》いた。

続けて、耳をつんざく甲高《かんだか》いブレーキ音。

急停車した列車の中を通って客車に戻ると、青い顔をした彼女が駆け寄ってきた。

「だ、大丈夫ですか!?　今のは一体!?」

私が涼しい顔で「大丈夫です」と返すと、慌てた車掌が客車に駆け込んできた。

「お客様、お怪我はありませんか!?」

「大事ありません。何があったんです？」

「そ、それがどうも、貨物車両で爆発があったようでして。ですが、機関部に影響はありませんので、どうかご安心ください！」

「念のため、すぐそこのアルニナ駅で原因を調べられては？　私たちの時間でしたら心配いりませんので、安全を優先してください」

「助かります！　すぐ運転士に伝えます！」

会釈《えしゃく》もそこそこに車掌は走り去っていった。

「だ、そうです。よかったですね」

そう言って目配せをすると、彼女は口元を手で覆い、目に涙を浮かべた。

「え、ええ。ええ！」

声をかけたのが気まぐれなら、これもまた気まぐれ。

あえて理由を挙げるとするなら、娘の悲しそうな顔がチラついた。それだけのこと。

列車は間も無くアルニナ駅に着き、ホームへと滑り込んでいく。

死に損《そこ》なった——が、気分は悪くない。

「どうやら、私がそっちへ行くのはまだ先のことになりそうだ」

そんな私の呟《つぶや》きに、妻と娘が微笑んでくれたような気がした。

聖なる夜に赤く灯るは

深沢仁

初出『5分で読める！　ひと駅ストーリー　冬の記憶　東口編』（宝島社文庫）

誤解されることが多いのだけど、別にサンタのそりを引くトナカイの鼻が、みんながみんな赤いわけではない。

大半のトナカイの鼻は赤くない。大半というか、僕以外は赤くない。そして、僕の鼻は赤いけど、特に光ることはない。ただ赤い。鮮やかな赤ではなく、なんていうか、ちょっとグロテスクな感じの、暗い赤褐色だ。生まれつきなのだ。

トナカイたちも、サンタたちも、別に僕を笑ったりはしない。みんな大人だから、わざわざ触れたりしない。――トナカイの世話係であるリース以外は。

「おい、赤鼻」

と彼は僕をからかう。リースもリースで、完璧な男じゃない。リースは二十代後半で、本来ならサンタ盛り――つまり、世界中をまわって子どもたちに夢を配って然《しか》るべき存在――であるはずなのに、子ども嫌いという性格のせいで上層部に「不適合」の烙印《らくいん》を押され、トナカイの世話係を任された。言わば左遷《させん》されたのである。赤い制服は取り上げられ、彼は茶色のつなぎを着て、毎日僕らを適当に世話する。

「赤鼻。お前ら、今年で契約終了らしいな。いいよなー。俺も引退したいわ」

リースが話しかけてきたとき、僕はまた、彼のからかいが始まったのだと思った。

「そういう妄言《もうげん》はいいから、早く、ごはん」

「まだ聞かされてないのか？　……そっか、トナカイへの周知はクリスマス後って言われてたかもそういえば。なし。いまのなし。赤鼻、お前だれにも言うなよ」

リースは、トナカイフードをそこらじゅうに撒《ま》きながらそう言うと、一瞬後にはいまの話には興味をなくしたように口笛を吹き始める。

僕はリースの横顔を窺う。その口元が笑いを堪《こら》えていないか、視線がちらりと僕の顔を確かめないか。……。…………。…………。

「ちょっと、待った、どこ行くの？」

「便所」

「ねえ、いまの話、もう一回して。ちゃんと聞くから。契約終了って──」

「ばかっ。お前言うなってほら、ほかの奴らに聞かれたらどうする」

リースは眉を寄せて声を潜《ひそ》めた。トナカイたちが、食事のために走ってくる。

「……だれにも言わないから、僕にだけ教えて。お願い」

「たぶん来週のクリスマス後の定例会議で正式に告知されるって」

「そんなに待てない！」

「俺も待てない。漏れる」

リースはひらひらと手を振って、寮に戻ろうとした。「リースっ」僕は叫ぶ。

リースはちらりと振り返ると、僕にしか見えないように空を指差した。

僕は一瞬躊躇《ためら》ったけど、「約束だからね！」と大声で返した。

サンタのトナカイは、春夏秋と、暇にしているわけではない。

クリスマスを最高のコンディションで迎えるために、トレーニングをしたり、担当地区の地理を完璧に頭に入れたり、食事制限をしたり、一年間気を抜くことはない。いくら苦労して手に入れた飛行能力でも、一週間トレーニングをサボっただけでうまく飛べなくなったりするため、定期的に試験だってある。それに落っこちると、クビになることとすらある、厳しい世界なのだ。

一度だけ、僕は体調不良で体重を落とし過ぎて、クビになりかけたことがある。

ここを出て行かなければいけない恐怖に駆られて、恥ずかしいことに、僕は泣いた。もっと恥ずかしいことに、それをリースに見られた。

リースはけらけらと僕を笑ったあと、体重測定の値《あたい》を誤魔化してやると言った。規律違反をして、練習でもイヴの夜でもないときに、しかもプレゼント配達課のサンタでもないリースを、背に乗せて空を飛ぶことと引き換えに。

子ども嫌いのリースが、どうしてサンタなんて職業を選んだかといえば、空を飛ぶのが好きだから、なのだ。

「あああ気持ちいいよなあ空は。空。いい。くそ寒いけど。煙草がうめぇなー」

リースが僕の背中の上で言う。煙草のにおいがして僕は息を吐く。サンタ村は、三年前から全面禁煙だ。いまの僕らが見つかったら、重い規律違反になる。

「そんなに怯《おび》えるなよ、赤鼻。遅かれ早かれお前はクビだ」

「その話をちゃんと聞かせて。契約終了なんて、嘘でしょう？　僕らがいなくなったら、だれがそりを引くんだ」

「ロボット。あそこ、あの湖の脇に降りろ、赤鼻」

僕は言われたとおり地面に降りた。森の深い場所にある美しい湖は、この季節はもう凍っている。いまは雪が降っていないが、昨晩は吹雪《ふぶき》にちかかったので、地面は綺麗にまっ白だ。蹄《ひづめ》が、そっと地面を押す。冷たい。気持ちいい。

森はひっそりとしていて、ほとんど音がしない。でも、月明かりのおかげで暗くはない。濃い茶色の枝が撓《たわ》んで、積もった雪がどさっと落ちた。僕は言う。

「ロボットって、なにっ」

「ロボットだよ。どんな天候にも耐えられて、三日三晩走らせても平気で、完璧なナビ機能まで備えたトナカイができたんだと。子どもたちの夢を壊さないために、見た目はお前らと変わらねえで、でも座り心地はもっといい、らしい」

「嘘でしょう？　嘘だ、嘘だよ。なんでリースみたいな落ちこぼれ社員が、そんな機密を知ってるんだ。空を飛びたくて嘘ついたんでしょう？」

「俺一応、トナカイ世話係だから。いままでだってお前らの身体の造りとかの話するために研究所呼ばれたりしてたんだぞ。んでロボットが完成して、いろんな基準クリアして、去年からこっそりテスト飛行繰り返して。来年分から適用だって話」

「研究所に呼ばれてたの？　どうして話してくれなかったの！」

僕は怒鳴る。リースは煙草の灰を落としながら、眉をしかめて「言えるわけねえだろ。機密事項だぞ」と言う。そんなこと！

「いつも軽口ばっか叩いてるくせに！」

「なんでルール守って怒られなきゃいけねえんだよ。俺はサラリーマンなんだっつーの。上から言うなって言われたら言わねえよ。……いま言ってるけど」

「本当なの？　本当に？　僕らはどうなるの？　ここを出てどこに行くのっ」

「ばかだなお前、野生に帰りゃいいだろ、トナカイなんだから」

「僕は赤鼻なんだ！　サンタのトナカイじゃなくなったら、また馬鹿にされる！」

リースは迷惑そうな顔をした。僕は息を大きく吸う。泣かないように。

「……明日、みんなに言ったら。みんなで、今年のクリスマスをボイコットしたら、上層部も考えを変えてくれると思う？」

「ねえな。準備万端じゃなくても今年からロボットにするか、今年は休業にするか、どっちかだろ。いまの社長がお前らに屈するはずがない。超合理主義だし。知ってるだろ、今年から、人口密集地以外はプレゼントの配布を終了だと。意味わかんねえよなあ。田舎《いなか》のほうがサンタを信じるガキが多いってのに」

「……僕、あの人、大嫌いだ。先代のほうが百倍よかった」

「株主がいまの社長を選んだんだから俺たちには変えられねぇよ。ほら、帰るぞ」

リースが背中に飛び乗る。僕は助走をつけ空に駆け上がった。雪に覆われた森が眼下に広がる。丸い月がうるさいぐらいに煌《きら》めく。凍った空気に、鼻がぎゅっとなる。

「……リースだって、どうするの、僕らがいなくなったら。世話係のくせに」

「異動じゃねえの。配達課に戻されてガキの相手か、ラッピング課か」

「リースにラッピングなんてできるわけないでしょ」

「うるせえ、赤鼻。お前の蹄よりは、俺の五本指のほうが器用だかんな」

リースが悪態をつく。僕は泣かないように、鼻先に力を入れた。そりを引くのは、今年で最後。そう思うと、とても寂しかった。街を回って、子どもたちの寝顔を眺めることが、もうできないなんて。

「泣くなよ、赤鼻」

リースが言う。僕は「泣くか」と言い返して、寮に戻った。だれもいない屋上に、なるべく音を立てないように着地する。リースがひらりと背中から降りる。——と。

ドアの開く音がして、僕らは同時に振り返った。

寮の中からだれか出てくる。——スーツを着ている。上層部の人間だ。

「リース・フェランに、ノックス・〝レッド《赤鼻》〟・ダーウィン」

低い声で名前を呼ばれた。僕は動けない。リースが大きく息をつき、降参するように両手を挙げた。

「時間外無断外出に無断飛行。スーツの男がゆっくりとやって来る。

規律違反だ。両名ともに、二週間の謹慎」

「二週間？」僕は思わず言い返す。

「無論、補欠のトナカイを入れる」「クリスマスはっ？」

「そんな、だって、今年で僕らは――」

リースが鋭く僕を睨《にら》んだ。僕は黙る。スーツの男が、探るようにリースを見て、それから「連れていけ」と呟いた。

寮内からさらに数人が出てきて、僕を囲んだ。


クリスマス・イヴ。謹慎小屋の窓から空を見上げていると、ノックの音がした。

「入るぞ、赤鼻」

僕はびくりと振り返る。リースの声だ。僕と同じく、謹慎中のはずの。

そして、振り返った僕は、リースの格好を見てさらに驚いた。茶色のつなぎを着ていない。リースが着ていたのは、赤い……。

「配達課のサンタの制服……？」

「似合うだろ。まあ、なんでも似合うんだ、俺は。顔がいいから」

「え？　なんで？　どうしたの？　どうやって抜け出してきたの？」

「捕まったの、わざとだし。あのスーツ着てた奴、同期なんだよ。老《ふ》けてたけどな。エリートで、若いけど役員で、現社長が嫌い。ほら、歩け」

呆然《ぼうぜん》としたまま、僕は引っぱられて小屋の外に出た。そこには、ぱんぱんに膨らんだ、大きくて白い袋が載ったそりがある。僕はリースを見る。

「行くぞ。田舎ですやすや眠ってるガキどもの靴下に、チョコレートを突っ込みに」

「田舎……、配布地域外の子どもたちに？」

「そういうこと」

「――！　こういう計画だったの？　ロボットの話なんて嘘？」

「残念ながら、嘘じゃねえよ。まあ、お前がクビになったら、俺がペットとして飼ってやる。イヴは毎年、こうやって散歩だな、赤鼻」

煙草をくわえて火をつけたリースが、にやっと笑って背中に飛び乗る。

「ほら、行くぞ」

僕は息を吸い込む。冬の外の、冷たくて、きんとして、鼻がぎゅっとなる、澄んだ空気。空を見る。月を見る。雪を見る。僕は思いきり走って、走って、飛んだ。気持ちよくて嬉しくて、役立ったことのない赤鼻が、一瞬だけ光ったような気がした。

中継ぎの女

里田和登

初出『5分で読める！　ひと駅ストーリー　本の物語』（宝島社文庫）

向井健《むかいたける》のことは私も含め、誰もが知るところだ。向井は二〇二〇年、自己表現の手段として、小説と漫画、どちらで勝負していくかを悩んだ末に漫画を選択、生涯で千以上の傑作を残した。その奇抜な手法は新漫画《ネオデシネ》と呼ばれ一大ジャンル化し、世界の隅々まで広がっていった。一方で向井が選ばなかった小説は、徐々に人々の生活の中心から離れていき、主に好事家《こうずか》が傾倒する伝統芸能となった。

向井が世を去り百年。未知の物質とエネルギーの分析が進み、副産物として過去への時間旅行が現実化した。時代選択論も盛んになった。打撃の才能が同じくらい秀《ひい》でていたとしても、野球が生活の中心にある時代に生まれたAと、そうでないBでは、運命に大きな差が出る。この差を解消するべく、BにはAの時代で生きる権利があってもいいという考え方だ。自分の苦境を時代のせいだと捉《とら》える人々の間で広がり、数《あま》多《た》の手続きは必要なものの、人類は生きていく年代を選べるようになった。

私は活字芸術研究学科の女子大学生で、自分が操《あやつ》る言葉に自信があり、活字が物語を牽引《けんいん》する時代に生まれなかったことを嘆いていた。同じような考えの学生が組織を作り、煩雑《はんざつ》な手続きを経て、政府から過去へと遡《さかのぼ》る権利を勝ち取ったと聞き、私も後乗りで参加をさせてもらった。私たちは多数決で選んだ時代――一九六〇年に降り立つと、お互いの成功を誓い合い、スモッグが立ち込める中、スーパーカブが走る東京駅の前で解散した。私は少し周辺を歩いてみることにした。

五輪のスローガンが記された看板を曲がった先にそれはあった。夢にまで見た古きよき街の本屋。本当に、この時代にはあるんだ。そう思ったら涙が止まらなくなってしまった。私の愛する太宰《だざい》が、坂口《さかぐち》が、手に取れる形で存在している。なんて素晴らしいのだろう。あまりの感激に、独特の刺激臭がインクに由来するものだと分かるまで、随分時間が掛かってしまった。ゆくゆくは私たちの筆の動きと、街の本屋の品揃えが連動するかもしれない。胸の高鳴りを抑え切れない自分がいた。

私は中野《なかの》で和室のアパートを借り、日々座卓の前で正座をし、万年筆を走らせた。憧れていたスタイルだ。この日のために、筆を使って文字を書くことを誰よりも練習してきたつもりだ。私は私の物語を、文体を愛している。組織の仲間にも、この時代の別の作家にも負けたくない。日々作品を生み出し、出版社への投稿を重ねた。

文章を綴《つづ》りつつ、時に額《ひたい》に触れる。私たちが未来人しか知りえない情報を使って物語を書こうとすると、脳に埋め込まれたチップから警告音が生じる。それを無視し続けると脳に特殊な神経液が満たされ、程なく脳死を余儀なくされる。一九六〇年の作家とフェアに戦うため、仲間全員がこの装置を埋め込んでいる。こういった時代への配慮が、政府から時間旅行の許可を引き出す、方法論の一つだったりする。

一九六五年。五輪の熱も収まり、仲間内で世の中に出る作家が増えてきた。私たちは東京の飲み屋に集まり、安酒で互いの健闘を称えあった。自分たちの成功と高度成長期の熱気とが相まって、会合は活気に満ちていた。私はと言えば結果がまるで出ず、職業は文筆とは程遠いヤクルトレディの状態。少しばつが悪かった。

　小説の歴史を変えたくはないか。仲間の一人が突然切り出した。彼が言うには、若き日の向井健は文才と画才、その両方を兼ね備え、二〇二〇年の六月二二日、中野の本屋にて、目の前の入店したての男が、漫画と小説どちらを購入するかで運命を決めようとしたらしい。その男は目当ての本も無さそうな様子で、小説と漫画の棚を何度も行き来し、やがて一冊の漫画を手に取ったという。

　仲間は話を続けた。向井は千年に一人の天才だと。我々も大人になり、向井のように時代を変えるまでの力はないことに気づきつつあるのではないかと。とはいえ我々が情熱を失わず、束になって掛かれば、世の中の小説と漫画の力関係を少しくらいは変えられるかもしれない。そうすれば二〇二〇年、向井が訪れた本屋には小説の選択肢が増え、向井は小説を手にした人間を目にすることになるかもしれない――。

　皆の興奮は手に取るように分かった。私は現状の憂いから輪に入れずにいたが、その実笑《え》みが止まらなかった。確かに向井なら小説の未来を変えてくれるかもしれない。

　何より私は巨人が紡《つむ》ぎだす、活字の物語に触れてみたかった。各自モラルを維持しつつ、自らの幸福を追求した結果ならば、政府も未来の書き換わりを見逃してくれる。

　その場合、私の生まれた時代とは並行世界《パラレルワールド》となり、歴史がずれていくことになる。

一九六八年。私の投稿作が新人賞の最終候補に残り、担当が付くことになった。もちろん嬉しかったが、同時に強い焦りもあった。仲間の一人がベストセラーを生み出したからだ。あの漫画の神様が作品に嫉妬したという話も人づてに聞いた。私たちは、間違いなく漫画と小説の力関係に干渉している。私も頑張らなければ。世間が学生運動で騒がしい中、私は部屋に閉じこもり、ただひたすら物語と向き合った。

一九七〇年に入り、私が地方の雑誌で連載を始めた頃、児童誌に「ドラえもん」の第一話が掲載された。開始直後はあまり話題にもなっておらず驚いた。二年後には「ベルサイユのばら」と「ポーの一族」も始まった。双方素晴らしい作品で、私は夢中になってしまった。仲間たちも順調に実績を積み重ねており、作品の映画化に恵まれる者も現れた。私はと言えば没の山を築いた末に、一本の原稿を本にして貰えたはいいけれど、反響が全くなく、次の出版に向け持ち込みを繰り返していた。自分には才能が無いのだろうか。いや、そんなことはないはずだ。葛藤《かっとう》する日々が続いた。

ある日仲間の一人が慌てた様子で我が家にやってきた。何でも「同棲時代」という漫画が世に現れなかったというのだ。西洋の奔放な性文化を取り入れ、若者に衝撃を与えた作品だったらしい。ガロの作家陣にも我々の影響と思われる、大小の描写の変化が現れた。少しずつ歴史が変わってきているようだ。私は私で「バナナブレッドのプディング」に心を打ちぬかれてしまった。私が描きたかったものがこの作品に詰まっていた。

アポロ11号の月面着陸の後、八〇年代がやってきた。日本の経済力が頂点に達し、刹那的《せつなてき》な性が持て囃《はや》された時代だ。その先駆けである「同棲《どうせい》時代」が失われた影響か、「東京ラブストーリー」の名台詞《ぜりふ》は「カンチ、セックスしよう」から「一緒に朝シャンしよう」と間接的なものになっていた。名作「めぞん一刻」や「タッチ」がこの世界では五割増しで人気だった。性表現の解放が遅れたことで、純愛が評価を増したのかもしれない。「PINK」も表紙の性表現が幾分控えめな形で世に現れた。

あの傑作「AKIRA」はこの世界では生まれなかった。作者が我々の仲間の作品に魅入られ、動画にしたいと思い立ち、早々に映画の世界に入ったからだ。嫉妬《しっと》の対象の一人が路線を変え、ストレスが減ったからだろうか、この世界では漫画の神様がいつまでも健康で、私の本棚には「火の鳥」の大地編が太陽編の横に並んでいる。

仲間たちの作品は売れに売れ、遠い存在になっていった。銀座の高級クラブで漫画家の一派とかち合い、火花を散らした話も風の噂で聞いた。そんな中でも、私は等身大で物語を書くことを心がけた。出来ることを、ただ出来る範囲でやればいい。屋外の雑音をウォークマンで遮断《しゃだん》し、こつこつ作品を書き続けた。そうして十年で五十の物語を完成させ、そのうち二作が単行本になった。双方とも部数は伸びなかったものの、そこそこ好評で、何通かのお褒《ほ》めの手紙も貰った。涙が出た。

九〇年代の私は、長者番付に名を連ねるようになった仲間たちの陰で、世間に影響を与えているとは思えない、幾つかの寓話を発表した。肩の力を抜くことを覚え、自分の言葉をより自然に表現できるようになった気がする。ただ純粋に書くことが楽しかった、学生時代の気持ちも蘇《よみがえ》ってきた。誰にも愛されなくても、私はやっぱり私の描く物語が、言葉が、大好きだ。文章で食べてはいけていなかったが心は豊かだった。

この世界ではジャンプではなく、恋愛漫画のヒット作を量産したサンデーが黄金期を迎えていた。それでも「ドラゴンボール」は一九九〇年に入り大爆発、「スラムダンク」もバスケ部の少年少女を熱狂させ、エアマックス狩りが頻発《ひんぱつ》した。「彼氏彼女の事情」も始まった。私の生まれた時代では古典的な名作として、教科書にも載っている。

新世紀になり、私のアパートでもネットが使えるようになった。思い余って自分の名前を検索してみたこともあったが、世の中が私のことを知らないことが分かっただけだった。この頃から私は体を壊し、ペンを握る時間が少なくなっていった。

いくつかの漫画の名作は世の中に現れなかったが、「ナルト」の世界的なヒットも、「ベルセルク」の衝撃も、我々の世界と何も変わりはしなかった。中でも「ワンピース」の人気はとてつもなく、一〇年代には芸人や俳優が言及するまでになった。「進撃の巨人」は持ち込みで断られずにジャンプで連載となり、少女漫画の「ちはやふる」も「努力・友情・勝利」が完璧に備わっているとされ、何故か連載陣に加わっていた。少年誌の王様に二十年遅れの黄金期がやってきた。

　そして二〇二〇年。世間が二度目の五輪で浮かれる中、私たちは各々《おのおの》の家で運命の六月二二日を過ごした。向井は中野の本屋に行ったのだろうか。本屋の中の小説と漫画の力関係は少しは変わったのだろうか。我々は向井が世に出る時を待った。

　翌年、小料理屋の離れに、仲間の喜びの表情があった。机に置かれた新聞紙には、向井が三つの小説の新人賞を受賞したことが記されていた。今は向井の写真すらないこぢんまりとした記事だが、世間が騒ぐのも時間の問題だろう。仲間たちは祝杯を挙げ、この日ばかりはと、べろべろになるまで酔っ払ったが、私は素直に喜べず、折を見てその場を後にした。私は自分なりに最善を尽くし、これまでに六作が本になったが、大ヒットには一度も恵まれなかった。この顚末《てんまつ》を見られずに病気で死んでいった仲間も多い。世界に影響を与えられなかった私に、新世界を見る資格があるとは思えなかった。それにこの二〇年は作家業よりも、悪性の腫瘍《しゅよう》との戦いを優先せざるを得なかった。病気は数年おきに再発し、その度《たび》に腹を開かれる。辛かった。

　もう潮時《しおどき》かもしれない。幸いにも私は楽に死ねる方法を知っている。未来の情報をただ原稿用紙に書き記せばいいのだ。この時代では脳梗塞《のうこうそく》と診断されるだろう。

　アパートに戻ろうとすると、若い女性が話しかけてきた。

「先生。サインをお願いしたいのですが」

女性はそう言って、ペンと古びたねずみ色の本を差し出した。絶版になった私の小説だった。まさか覚えてくれている人がいるなんて。私は恐る恐る本を受け取り、震える手で自分の名前をしたためた。サインなどしたことがなかったので、間の抜けた余白が空《あ》いてしまった。もう一筆加えれば、バランスよく収まりそうである。

宛名がいいだろう。私は声が裏返らないよう咳払いをし、女性に名前を尋ねた。

「では、向井健でお願いします」

驚いて手が止まる私を見て、女性は無邪気に笑った。

「男っぽい名前ですよね。私はデビューしたての作家で、これはペンネームなんです。先生のご自宅も、担当に無理を言って聞き出しまして」

私などで良いのですか。誰かと間違ってはいませんか。私が若き日の天才に尋ねると、彼女は「先生の本が大好きなんです」と言い、私の手を強く、強く握った。

「見ていてください。私が先生の意思を継いでみせますから」

向井健は私の本を胸に抱え込むと、大きく手を振りながら、坂道を降りていった。

なんだか夢のようで、私はしばらくその場を動くことが出来なかった。

あと少し。あと少しだけ生きてみよう。

そうして私は掛かり付けの放射線の病院に向かって、ゆっくりと歩き出した。

ポストの神さま

田丸久深

初出『5分で読める！　ひと駅ストーリー　旅の話』（宝島社文庫）

――お母さんに手紙を出すときは、ポストの神さまにお願いするのよ。

母は旅に出る前に、わたしにひとつのおまじないを教えてくれた。

住所がわからなくても、宛名にお母さんの名前だけを書けばいいわ。ポストの神さまがお母さんのことを探して、あなたの手紙を届けてくれるから。手紙を投函《とうかん》したら手を合わせてこうお願いするのよ。

ポストの神さま、この手紙をどうぞお母さんに届けてください。

ちゃんとお願いしたら、ポストの神さまが手紙を届けてくれるから。お母さんが日本中の――ううん、世界中のどこにいても、必ず手紙を届けてくれるからね。お返事を書くことはできないけど、お母さんはずっとあなたのことを想っているからね。

母の言葉を信じて、わたしはポストの神さまにお願いをしている。

お母さん、お元気ですか。わたしは元気です。

いつも決まった書き出しの手紙を、わたしは母に出し続けていた。

母が旅に出てから十年の月日が過ぎた。ひとりぼっちになったわたしは遠縁にある親戚に引き取られ、小さな田舎《いなか》町で女子高生をしていた。

通学途中にある郵便ポストは、川にかかった橋のたもとにある。昔ながらの寸胴《ずんどう》体型は、まるで朝ごはんを食べるように通勤通学前の人々の手紙を飲み込んでいく。人の切れ間を見計らって、わたしは手紙をポストに入れた。

そして、手を合わせる。道行く人々の視線を感じるけれど、気にしない。

ポストの神さま、この手紙をどうぞお母さんに届けてください。

顔をあげると、スーツ姿の男性が苛立《いらだ》ったように手紙をねじ込んできた。朝の忙しい時間に迷惑だと無言で叱られ、わたしは頭を下げ、逃げるように橋を渡った。通勤途中の車が歩道のすぐ横を走り、朝の澄んだ空気に排気ガスの汚れが混じる。

橋のなかほどで立ち止まり、欄干《らんかん》に身体を預けて深呼吸をした。川のせせらぎに耳を澄ませ、胸に手をあて鼓動が落ち着いていくのを確かめる。

「そんなところでなにやってるんだよ。遅刻するぞ」

ふいに声をかけられて、心臓が跳ね上がった。

「なんだ、お兄さんか」

「なんだとはなんだよ。もう時間だぞ」

みんなに『お兄さん』と呼ばれている彼が、わたしの背中をぽんと叩く。橋を渡ればわたしの通う学校があり、彼の働く職場もある。彼は仕事に行きたくない自分の気持ちを、わたしを学校に行かせねばという使命感でごまかしているのだ。

風が吹いて、わたしは乱れた髪を手で押さえた。前髪が目に入って、痛い。

「またポストの神さまに祈ってただろ。怪しいぞ、あれ」

どうやら見られていたらしい。ポストを拝《おが》んでいたことは指摘するけれど、髪で隠した火傷痕《やけどあと》には触れない。それが彼のやさしさだった。

「いいの。あれはわたしのおまじないなの」

母に宛てた手紙は、いつも絵はがきにしている。毎週金曜日、わたしの近況を書いた短い手紙をポストの神さまに託していた。

橋を渡れば朝日を浴びて輝く水面がまぶしいけれど、川岸にごみ袋やコンビニ弁当の容器が引っかかっているあたり、綺麗《きれい》だとは言いがたい。ぷかぷかと流されている空き缶を、わたしは自然と目で追っていた。

「あの空き缶はどこに行くんだろう」

「どこかで沈むか、ひっかかるかするんじゃないか？」

「海までは行けないの？」

「どうだろうな。この川も海につながってはいるけど。流れていくごみの行方なんて、気にしたこともないな」

職場が近づくにつれ、お兄さんの表情が険しくなっていく。毎日残業続きで忙しいらしい。目の下の色濃いクマが、彼の日々の疲れを物語っていた。

「俺、子どものころにやったことあるんだ。瓶のなかに手紙を入れて、川に流すっていうやつ。はじめは拾った誰かが手紙をくれるだろうって期待してたけど、いくら待っても手紙なんて来なかった。きっとどこかで瓶が割れるか水が入るかしてさ、川底でぐちゃぐちゃになって終わりなんだよ。映画のようにうまくなんていかないさ」

わたしがポストの神さまに手紙を託すように、幼い日の彼も見知らぬ誰かに宛てて手紙を旅に出したのだ。

「じゃあ、お兄さん、今日もお仕事頑張ってね」

「お前も学校頑張れよ。もうすぐ創立記念日なんだからサボらず通えよ」

橋を渡り終え、わたしたちは手を振って別れた。

母への手紙を出すのは金曜日と決めている。

手紙を出していることは、親戚には内緒だった。この家で母のことを口にするのは禁忌《タブー》とされている。手紙のことを知られたら、家を追い出されるに違いない。

『あの人のことは忘れなさい』

病院で親戚にはじめて会ったとき、そう言われたのをよく覚えている。お化けのような醜い顔をしたわたしを、親戚はいやいやながらも引き取ったのだった。

「こんにちは、郵便です」

声がして、わたしは廊下を走る。この町では家の鍵をかける習慣はなく、扉も開け放していることが多い。だから郵便はひと声かけて玄関先に置かれていく。

「いつもご苦労さまです」

勢いあまって転びそうになりながら、わたしは手紙を受け取る。公共料金の請求書やダイレクトメールばかりだ。そのなかに、絵葉書が一枚交ざっていた。

宛先のない手紙は、当然ながら戻ってくる。その手紙を親戚に見つかるわけにはいかない。だからわたしは必ず金曜日に手紙を出し、土曜日に家で待つことにしていた。

「これ、ちゃんと住所を書いてくれよ」

そう、お兄さんが言う。彼は郵便配達の仕事をしているのだった。

宛先不明の紙が貼られた絵葉書を見るたび、わたしはこれを届けてくれた彼に申し訳なく感じていた。差出人のもとに手紙を返すなんて、仕事を増やすだけでしかない。

「住所がわかれば、ちゃんと届けてやるからさ」

「……ごめんなさい」

また、母への手紙が戻ってきた。落胆の表情を隠せないわたしに、彼は気まずそうにうつむいた。

「ポストの神さまなんていないんだよ。住所がわからない手紙は、どこにも行けずに帰ってくるんだから」

「……じゃあどうして、たまに手紙が戻ってこないことがあるの？」

「それは……」

言葉が見つからないようで、彼は沈黙でごまかそうとする。

「今日の手紙はだめだったけど、先月出した手紙はちゃんとお母さんに届いたんだよ」

振り絞るように、わたしは言った。

「ポストの神さまは絶対いるよね。わたしの手紙はちゃんとお母さんに届いてるよね」

「……とにかく、次からはちゃんと住所を書くように」

それだけを言い残して、お兄さんは去っていく。次の配達に向かうバイクの音が聞こえなくなるまで、わたしはずっと、玄関に立ち尽くしていた。


手紙を出すのは毎週金曜日。けれどたまに、創立記念日などの休日に合わせて書くこともある。毎日でも手紙を書きたいと思うほど、伝えたいことがたくさんあった。

お母さん、お元気ですか。わたしは元気です。いま、どこを旅していますか？

その手紙を、夜中にこっそり出しに行く。いつもの通学路が、夜だとまったく違う道を歩いているように思える。朝と違って誰もいない。念入りにポストにお願いをして、わたしは気まぐれに川をのぞいてみた。

月明りの下、川はいつもどおり穏やかに流れている。海に向かって長い旅をしている。それをぼんやりと眺めているうちに、ふと、橋の下に誰かいることに気づいた。

「……お兄さん？」

それは、お兄さんだった。わたしの声が聞こえたのか、彼は顔をあげた。

「なにをしてるの？」

彼は、川にごみを捨てていた。

立ち尽くしたままなにも答えない彼に、わたしは橋の下へとおりた。空き缶や空き瓶がたくさん捨てられていて、軽いペットボトルはあっという間に流されていく。拾ったお弁当の容器を開けると、なかにはたくさんの手紙が詰められていた。

「……ポストの神さまなんていないんだよ」

観念したように、彼は言った。

「手紙が戻ってこなかったのは、俺が配達しきれない日があったからなんだ。一日中バイクで走り回ってそれでも間に合わなくて、家に帰ったら部屋はごみだらけで汚くてさ。むしゃくしゃして、たまに、川に捨ててたんだ」

流れていく手紙を眺めながら、お兄さんは言った。

「夢を奪って、ごめんな」

その日を境に、彼はこの町から姿を消した。

わたしは手紙のことを誰にも言わなかった。捨てられた手紙に誰も気づいていなかった。けれどお兄さんは、母のように旅立ってしまった。

長らく旅に出ていた母から返事が届くようになったのは、翌年のことだった。

ずっと行方知れずだった母が、ある日突然警察に出頭した。ＤＶに耐えかねた母は父を殺した。顔をガスコンロで焼かれ、泣き叫んでいたわたしを守るためだったとはいえ、母のしたことはまぎれもない犯罪だった。

母は逃亡先の海沿いの町で、浜辺に流れ着いていたペットボトルから一通の手紙を見つけた。水が染みて読めなくなったものも多いなか、唯一読めた手紙の宛先には母の名前が書かれていた。それはお兄さんが川に捨てた手紙であり、わたしがポストの神さまに託し続けた手紙のひとつだった。

その手紙を読んで、母は自首を決意したのだ。

母への手紙に、はっきりと宛先を書けるようになった。たまに会いに行けるようにもなった。いつか母と一緒に暮らせる日が来るとわたしは信じている。

母への手紙に、ポストの神さまはもう必要ない。

けれどわたしはいまも、ポストの前で祈っている。

この町を去った郵便配達のお兄さんに、ありがとうと伝えたくて。

ポストの神さま、この手紙をどうぞお兄さんに届けてください。

夏の夜の現実　遠藤浅蜊

初出『５分で読める！　ひと駅ストーリー　夏の記憶　西口編』（宝島社文庫）

空港から出ると空気が違った。日本じゃ一番鬱陶しい梅雨《つゆ》時なのに、アテネは涼しい。

今じゃデモと暴動とストばかりというイメージだったが、ごく普通の大都市だ。街中に遺跡や神殿があったりするのはこの街ならではだろう。俺は総菜屋で豚肉の串焼きと平たいパンを買って詰めてもらった。酒も勧められたが断った。白く濁った……たぶん自家製の焼酎《しょうちゅう》かな。人の良さそうな総菜屋には悪いが、好みじゃない。

そしてバスに乗る。目指す場所はアテネの外だ。俺はバスに揺られながら小学生の頃を思い出していた。親父にもお袋にも話していない思い出が一つあった。

二十何年か前のギリシャ旅行。遺跡を巡り、ガイドお勧めの飯も腹いっぱいに食った。堤防沿いのレストランから海を眺めながらガイドと両親が話すのを聞いていた。主にこれからどうするかということだ。ガイドは「妖精がいるという村に行こう」と提案した。

元々アカデミックな好奇心があったわけではない両親も「博物館よりは」と消極的に賛成し、郊外へ何時間か車を走らせ、着いた時はもう日もとっぷりと暮れていた。

アテネみたいな都市じゃない。田舎《いなか》町とか村とかいうより、ほぼ、森だった。雰囲気はあった。日本の森や林とは違う空気があった気がする。曖昧《あいまい》なもんだが。

妖精の伝承を伝える古老に会いに行こう、とガイドが先導し、両親がついていく。俺はそんな大人達の後を追いかけていたが……Tシャツの裾《すそ》を引っ張られた。誰だ、と見ると子供が俺のシャツの裾を摘《つま》んでいた。日本人じゃない。現地人だ。顔形は整っていたが、なんとなく儚《はかな》げな印象があった。病人とかそういう風には見えないが、印象が薄いんだ。

迷子かな、と考えた。だが言葉は通じないだろう。両親に知らせようと思い、前を行く大人三人に声をかけようとした。すると、男の子は俺の手を取って走り出した。俺は引かれるままついていった。なぜ馬鹿みたいについていったか？　俺にもわからない。不思議と「ついていかないといけない」という気になっていた。森の中を突っ切って……真っ暗なのに、なぜか転ばなかった。

木と木の間を抜け、節くれ立った根っこを飛び越え……その時だ。

覆面かマスクかよくわからないが、顔全体を覆うなにかを被《かぶ》せられた。目の位置に一対《いっつい》二つの穴が開いているから前は見えるが、視界は悪くなって俺は慌てた。

両親とガイドからは遠く離れてしまった。しかもわけのわからないマスクを被せられて、俺をここに連れてきたガキはなに考えてるか知れたもんじゃない。

慌てた上に視界が悪くなったところへ、とん、と背中を押されて俺はつんのめった。よろめき、身体を支える物を求めて手をついた場所は木製のベッドだった。森の真ん中に、豪華な装飾が施されたベッド。しかもそこで寝てたのは……美人だった。はっきりとそうわかるのに、男の子と同じように印象が薄い……いや、淡いというのか。十代にも二十代にも見えるけど、でも何歳にも見えない不思議な女の人で、軽くウェーブのかかった豊かな黄金色の髪が腰まで伸びて……よくよく見れば身体が透《す》き通っていて、ベッドが透けて見えている。冗談じゃなく神様かと思った。この場合は神様じゃなくて女神《めがみ》様だが。

その女神様がふわっと顔をほころばせて俺に抱きついた。柔らかさとかは感じなかった。風に弄《もてあそ》ばれてるみたいなぼんやりとした感触があった。

女神様が手招きすると、どこからともなく綺麗なトンボや蝶がひらひらと飛んできた。いや、トンボや蝶じゃない。トンボや蝶の羽を背中から生やした女の子達だ。淡《あわ》雪《ゆき》のようにすぐ消えてしまう光を散らして愉快そうに笑いながら飛んでいる。

ふわっときた。ベッドが浮いていた。空を飛んでいる。

「夢みたいでしょ、お兄ちゃん？　でもね、夢じゃないんだな。妖精も女王様も全部本物」

いきなり日本語で声をかけられて驚いた。例の男の子だった。ベッドの端に腰掛け、いたずらっぽい笑顔を浮かべている。

ベッドは旋回《せんかい》しながら上昇していく。俺は身を屈めて下を見た。地上が離れていく。

カゲロウの羽で空を飛ぶ楽団が不揃いな行進をしていた。青く光る鹿が跳ね、小鳥が歌う。妖精の群れがきらきら光る金色の粉で夜空に模様を描き、星は煌《きら》めき、まん丸の満月には巨大な顔が浮かんで呵々大笑《かかたいしょう》、女王様の部下は薄絹《うすぎぬ》をひらめかせてダンスを踊っていた。

俺は夢心地でマスク越しにそれを見ていた。薄く光り、見えたり消えたりと明滅を繰り返し、ぼんやりとした光の粉を振り撒《ま》きながら空を飛ぶ……そんな妖精に手を伸ばし、触れる直前、慌てて引っこめた。触ったら消えてしまいそうだ。笑い声が俺の頭の中で木霊《こだま》していて、それが全然不愉快じゃない。意識が溶けていく。

女王様は、ふんわりとした微笑みを浮かべ、ダンスの中に身を投じた。その時だった。闇の中から浮かび上がった影が女王様の肩を抱いた。影は王冠を被りマントを羽織った立派な王様の姿をとって、女王様の瞼をそっと撫で――

「それじゃお兄ちゃん。お楽しみの時間はそろそろおしまい」

ここに来た時と同じく、とん、と背中を押され、俺はベッドの中から転がり落ちた。あっと思った時にはもう尻餅をついていた。

「なにやってんだ、お前は」

両親が俺を見下ろしていた。親父は不可解そうな顔で俺の顔に手をかけ、何かを取った。

「これ、どこでもらってきたんだ？　まさか盗《と》ってきたんじゃあるまいな」

驢馬《ろば》のマスクだった。呆然《ぼうぜん》としている俺にガイドが笑いかけた。

「坊や、妖精にからかわれたんじゃないか？」


以上、楽しい回想終わり。二十云年が経過し、綺麗な心の子供は世間の垢《あか》で汚れたおっさんになり、バスは目的地に到着した。俺はバスから降り、我が目を疑った。

この旅には目的があった。もう一度、あの妖精の森に行きたかった。夢のような体験で、実際夢かと何度も疑った。でも驢馬のマスクは現実の物だ。俺は薄汚い大人になったから妖精に会うことはできないだろう。来るだけでよかった。思い出に浸りたかった。

親父から受け継いだ工場は人手に渡った。女房は去っていった。子供はいない。親戚は口を噤《つぐ》み、数少ない友人達は俺の知らないところでひそひそと話している。手を差し伸べてくれる者は誰もいない。親父もお袋もとうに亡くなった。

もう行く場所もない。最後に、妖精の森にもう一度だけ来たかった。なのに――。

舗装された道路にコンクリートの建物。ネオンの光る胡乱《うろん》な店が建ち並び、客引きが声を張り上げ、薄い服で化粧の濃い女が街灯の下にぽつんと立っている。酒と肉の匂い、化粧の匂い、あとは体臭に反吐《へど》の匂いが混ざっていた。森なんてもうどこにもない。

笑った。こりゃ酷《ひど》い。あんまりだ。最後までこれか。

あんな森に歓楽街作ってんじゃねえよ。馬鹿じゃねえか。税金だってじゃぶじゃぶ使ってんだろ。公共事業か。クソが。そんなだから国の経済が破綻すんだよ。ふざけんな。

妖精の森はクソ人間にぶっ潰され、妖精達は消え、俺は一人残された。今ここにあるのは喧騒《けんそう》と男と女と酒だけだ。なにもない。思い出もない。あるのは現実だけだ。

妖精は、皆、触れれば消えてしまいそうに儚げだった。あの想い出も同じだ。現実の前では色褪《あ》せ、輪郭《りんかく》がぼやけ、もう俺の中を底浚《ざら》いしても欠片《かけら》しか残っていない。

俺は驢馬のマスクを被った。無精ヒゲとマスクが擦《こす》れてじゃりっと鳴った。マスク越しに見えるのも現実だ。妖精が見えたりするわけじゃない。不審者に対する眼差しで俺をちら見する道行く男、女。お前らはわかってない。ここには妖精がいた。本当にいたんだ。

「あれ？　お兄ちゃんじゃない？　ほら、むかし森の中で会ったよね」

マスクがズレそうになる勢いで振り返った。そこには女の子がいた。日本語を話しているが、日本人じゃない。金髪の巻き毛を胸まで垂らし、ワインレッドのワンピースを着た白人の女の子で、たぶんハイヒールのサイズが合っていない。顔の造作は整っているが、表情はどこかにやついて……見覚えがある。

「ひょっとして……あの時のガキ？」

「そういやそのマスク返してもらうの忘れてたわ。わざわざ返しにきてくれたん？」

「なんで性別変わってんだ」

本当はもっと聞くべきがあるのに、こんなことを聞いてしまう。

「だってこっちのが客にうけるもん。日本人ならわかるっしょ？　そういうの好きな民族なんだよね？　男の娘《オトコノコ》だったっけ？」

「日本人全体に当て嵌《は》めるな。そんなのは一部の人間だけだ」

「まあいいや。じゃあせっかく再会できたんだから飲みに行こうよ」

さりげなく俺の腕に絡まり、しなだれかかってくるその動きは年季が入っている。

「聞いてよー。森が潰されちゃってさー。引っ越すわけにもいかないしさー。ＴＰＯに合わせるかってことで皆して街暮らしだよ。でも森で退屈してた頃よりは楽しいね」

「クソ。なにやってんだよお前らはよ。触れば消えてなくなっちまいそうなのに、どうしてそこまでしぶといんだよ。なんだよその生命力は。俺の美しい思い出どうしてくれんだよ」

「その袋なに？　開けるよ？　あ、豚串《スヴラキ》じゃん。美味《おい》しそうだね。食べていい？」

「聞けよ！　お前ら本当にこれでいいのかよ。女王様だって怒ってんだろ」

「別に怒ってないし。女王様は今でもこの街で女王様やってるよ。色んな意味で」

どんな意味だよ。

揺れる最終電車　拓未司

初出『５分で読める！　ひと駅ストーリー　乗車編』（宝島社文庫）

無情にも目前で走り去っていった最終電車の轟音《ごうおん》が遠くなり、やがて消えても、僕は地下鉄のホームに佇《たたず》んでいた。タクシーを使って帰宅するのか、カプセルホテルに泊まるのか、さほど変わらない出費の二者択一を迫られ、本心に従えば即決できるのだが、そのやましさに躊躇《ちゅうちょ》していた。

この場で迷っていても始まらない。小さく吐息をつき、踵《きびす》を返した。脳裏に浮かんでいた身重の妻の顔が、疲労感を募《つの》らせる。妻のことを思うと、以前は明るく笑う姿ばかりが現れたものだが、このところは不機嫌そうな姿ばかりが現れる。特に今日は仕事で取り返しのつかないミスを犯してしまったせいか、よりいっそう重苦しく感じられた。

明日は、朝早くから謝罪のため得意先に出向かねばならない。それを理由にすれば、妻は納得するだろうか。カプセルホテルに泊まるほうを選択したのは、自分と顔を合わせたくないからだと思わないだろうか。そんなことを考えながら、一歩ずつゆっくりと、憂鬱な気分を引きずるように階段を上っていった。

帰りたくなかった。このままどこか遠いところへ行ってしまいたかった。家庭のことも仕事のことも気に病《や》む必要がないような、心から安息《あんそく》できる場所へ。許されるはずもないのだが、許されることを夢想していた。

いっそなにもかもが清算できたらいいのに——。

そのとき僕は、本気で願っていた。

背後で一陣の風が吹いたような感覚に振り向き、目を疑った。ホームに電車が停まっていた。なにが起こっているのか理解できず、頭の中に空白が訪れた。数秒ほどの間を置いてから、はっと我に返る。

うっかり勘違いしていた。これが最終電車だ。慌てて階段を駆け下りていく。物思いに耽《ふけ》るあまりか、到着を知らせるアナウンスも、電車がホームに入ってくる音さえも、耳を素通りしていたらしい。

僕が乗り込むのとほぼ同時に、扉は閉まり、電車は動き出した。座席の端に深く身を預けて、ひと息つく。車内には誰の姿もないせいか、妙な静けさが漂っていた。水面に浮かぶ小舟に乗っているような揺れを感じるのは、気のせいだろうか。どことなく、現実感がなかった。

帰宅するのか、泊まるのか、迷っていたことが馬鹿らしかった。そして、急いで電車に乗り込んだ自分が情けなかった。結局はそういうことだったのだ。今日は帰らないと妻に電話する勇気もなく、本心を悟られるのが怖く、開き直る覚悟などなかったくせに、そんな自分を認めたくなくて、悩んでいる振りをしていたのだ。あのまま、もしも本当に最終電車を逃していたとしても、帰宅の道を選んでいたに違いない。

妊娠してからというもの、妻は些《さ》細《さい》なことで苛立《いらだ》つようになり、感情的に怒りをぶつけてくるようになった。当初は、妊婦特有の症状から精神的に不安定になっているだけだろうと優しい気持ちで接していたのだが、エスカレートする一方の態度に、最近では、これこそが妻本来の姿ではないかと疑っていた。

自分は相手のことをよく知らずに結婚してしまったのではないか。実は相性が合わないのではないか。そんな思いが拭《ぬぐ》えなかった。妻のことは愛しているはずなのに、顔色を窺《うかが》いながら過ごす日々にうんざりして、そう断言できなくなっていた。

水面に揺れているような感覚はそのままに、電車が徐々にスピードを落とし、次の駅に到着した。開いた扉の向こうにいた男性の姿に、僕は驚いた。彼は二年ほど前に行方知れずとなった友人だった。

しかし電車を待っていたはずの彼は、なぜかホームに立ったまま乗り込んでこない。僕は腰を上げ、近寄っていった。車内から声をかける。

「おい」

彼に驚いた様子はなかった。穏やかに微笑んでいる。

「おまえ、今なにやってんだ。元気にしてるのかよ」

それには答えず、彼は反対に尋ねてきた。

「ここで降りるかい？」

「えっ？　いや、俺が降りる駅はまだ先だから――そんなことより、早く乗れよ。閉まっちまうぞ」

「降りないんだね。わかった」彼は残念そうに頷いた。

「あっ、おい――」

扉が閉まり、電車が動き出す。彼の姿がみるみる遠ざかっていき、窓の外は真っ暗になった。せっかく会えたのに。色々と訊《き》きたいことがあったのに。

行方知れずとなる数ヵ月前、僕は彼から借金を請《こ》われていた。経営している家具店の台所事情が厳しかったらしい。決して貸せない金額ではなかったが、「なにがあっても必ず返す」という彼の言葉が信用できず、それ以前に煩《わずら》わしくて、断った。あとになって、彼が他の友人たちから金を借りており、足らない分を法外な金利の闇金融から借りていたことを知った。闇金融の取り立てに苦しんだ彼は、店を潰して友人たちへの返済を終えてから、姿を消したのだった。

あのとき彼は、足らない分を僕に借りようとしていたのだろうか。もしも貸してあげていたら、彼は闇金融などに手を出すことなく、今でも店を続けていられたのだろうか。いずれにせよ、煩わしいという理由で断った僕は薄情だった。他の友人たちは貸してあげていたのに。彼の言葉に嘘はなかったというのに。

悔やむ思いを巡らせているうちに、また次の駅に到着した。扉が開いた瞬間、僕は目を見開いた。そこには、かつての上司が立っていた。四年半くらい前だったか、新しく事業を興《おこ》すと言って会社を辞めた人だった。

「ご、ご無沙汰しています」

先ほどの彼と同様に、驚いた様子はなく、穏やかに微笑んでいた。乗り込んでこようともしない。

「ここで降りるのかな」やはり尋ねてくる。

「いえ、ここでは降りませんが……」

僕は困惑していた。ただの偶然にしては、不可解だった。

「そうか。しかたがない」

かつての上司が頷くと、扉は閉まった。動き出した電車が、ゆらゆらと揺れながらスピードを上げていく。

俺と一緒にやってみないか――。今でも、かつての上司にかけられた言葉は耳に残っている。新しく興すという事業に、僕は誘われていた。だが熟慮した結果、やめておこうと判断した。将来性があるとは思えなかったのだ。

それが誤りであったことを知ったのは、つい最近のことだ。人づてに、かつての上司が社長を務める会社が急成長を遂げていることを聞いた。僕の代わりに引き抜かれた同僚だった男は、幹部として以前の倍近い給与を得ているらしい。あのとき誘いに乗っておけばよかったと、嘆かずにはいられなかった。

電車が徐々にスピードを落とす。次の駅が迫っているようだ。ごくりと喉を鳴らし、扉の前に立った。手すりを握る掌《てのひら》が汗ばんでいる。今度も、知っている人物が現れる予感がしていた。

駅に到着し、扉が開く。僕は息を呑んだ。ホームに立っていたのは女性だった。忘れられない彼女――雪絵《ゆきえ》が、穏やかに微笑んでいた。

「ここで降りる？」

言葉が出てこない僕に構わず、雪絵も尋ねてきた。彼女と別れたのは、六年近く前のことだった。あの頃と比べて少しも変わっていないのが信じられなかった。

僕が意地を張ったのが原因だった。つまらないことで喧嘩になり、プライドを傷つけられた。彼女は謝ってきたが、僕は許さなかった。いきおい別れ話を口にしてしまい、別れたくなかったくせに、「あなたが別れたいのなら」と背を向けて去っていく彼女をそのまま見送った。それっきり、彼女とは連絡が取れなくなった。

あのとき呼び止めていたら、俺が悪かったと謝っておけば、雪絵と別れずに済んだのかもしれない。そして別れていなければ、雪絵と結婚していたかもしれない。僕は未だに考えるときがあった。

僕は自分の置かれた状況を、おそらく理解した。この電車は、現在から過去へと走っているのだろう。停車駅となっているのは、僕のこれまでの人生において「あのときこうしていたら、こうしておけば」と後悔し、記憶の中で燻《くすぶ》り続けている出来事だ。そしてそこには、その当事者が僕を待っている。

どうしてそんな電車に乗ったのか、そもそもこれは現実のことなのか。言い知れぬ不安に駆られたが、一方では半信半疑の状態にあり、どこか自分が招いたことのような覚えもあったせいか、恐れを感じるほどではなかった。

雪絵を凝視したまま、心を落ち着かせることに努めた。目の前にいる彼女が、あの頃のまま歳を重ねていないのは事実だ。今になって思うと、友人の彼も、かつての上司も、記憶の中のそれとまるで変わらない姿をしていた。信じられなくとも、受け入れるしかなかった。たぶん僕も、過去のそれに合わせて若返っているのだろう。

「降りるの？　降りないの？」重ねて尋ねられた。

ここで降りれば、雪絵と別れたあの日に戻れるような気がしていた。去っていく彼女を呼び止め、自分の非を詫びて、やり直すことができるのではなかろうか。

行こうか。過去に戻って、雪絵とやり直そうか。現在には、どうせ疲れるだけの日々しか待っていないのだから。楽しい明日など想像できないのだから。

僕が決断しかけたとき、ホームを挟んだ向かいの線路に、音もなく電車が滑り込んできた。静かに扉が開く。幼稚園児くらいの女児が立っていた。不安げな眼差しで、じっと僕を見つめている。

あの電車も、現在から過去へと走っている――。僕にはわかった。ただしそれは、あの子に限ってのことだ。僕にとっては、また別の意味を持っている。

「ねえ、どうするのよ」

雪絵の言葉に、改めて決断した。その見知らぬ女児のことを、僕は知っていた。不思議な確信があった。だから、行かなくてはならなかった。

「ここで降りるよ。ただ、きみとは一緒に行けない」

ホームに降り立ち、雪絵の横を通り過ぎていった。女児がいる電車に乗り換えて、優しく笑いかける。

「会いにきてくれたんだね」

女児は照れたような笑みで頷いた。この電車には、いつの頃に、どんな気持ちを抱えて乗り込んだのだろう。そっちの「現在」では、僕はどうなっているのだろう。訊いてみたかったが、やめておいた。会いにきてくれただけで充分だった。

扉が閉まり、電車は動き出した。さっきまで乗っていた電車とは逆方向へ、ぐんぐんとスピードを上げていく。今度は、揺れているような感覚はなかった。

危うく後悔する出来事を増やすところだった。もう過去に心残りはない。妻を支えながら、責任を持って、僕は僕の「現在」を生きていこう。

二度と寂しい思いはさせないからね。

妻によく似た女児をそっと抱き寄せ、僕は心の中で約束した。終点に着くまで、その小さくなっていく体が消えるまで、ずっと抱き続けていた。

おかげ犬

乾緑郎

初出『5分で読める！　ひと駅ストーリー　旅の話』（宝島社文庫）

「さあ、シロ。お別れだ。本当のご主人様に、ちゃんとお札《ふだ》を届けてきな」

垢《あか》じみた着物に縄帯《なわおび》を締めた、まだ顔に幼さを残した男児が、傍《かたわ》らにいる、ぼろぼろの菰《こも》の切れ端《はし》のようなものを首にぶら下げた薄汚い白犬に向かってそう言った。

文化八（一八一一）年。行き交う人々で賑わう江戸日本橋のほど近く。

白犬は「おん」とひと声吠えると、名残惜《なごりお》しそうに何度も何度も振り返りながら男児の元を離れて行く。人目も憚《はばか》らず、その後ろ姿に手を振り、もう片方の手の甲で涙を拭《ぬぐ》いながら、男児は白犬と初めて出会った日のことを思い出していた。


それは数か月前、東海道六番目の宿場、藤沢宿《ふじさわじゆく》でのことである。

仁吉《じんきち》が目を覚ますと、一切合切《いっさいがっさい》のものが盗まれていた。

家から持ち出してきた金子《きんす》だけではない。腰にたばさんでいた大小の刀に、替えの下帯《したおび》から草履《ぞうり》に至るまで何もかもだ。

「連れの人は、江戸から一緒ではなかったんですかい」

身ぐるみやられて、払いたくても宿代も払えないと泣きそうな気持ちで仁吉が訴えると、宿の主《あるじ》は溜息《ためいき》をついてそう言った。

仁吉は当年十二歳だった。昨晩、相部屋で泊まった男は、程ケ谷《ほどがや》からの道中で知り合った者で、年は親子ほども離れていた。

旅慣れていない仁吉に、あれこれと宿の手配やら何やら世話を焼いてくれて、親切で頼りになる男だと思い、上方《かみがた》まで同道しようと約束したのだ。

その結果がこれだ。あまりにも仁吉は世間知らずで無防備だった。思えば、男は最初から仁吉の路銀《ろぎん》や腰のものを狙っていたのかもしれない。

まだ仁吉が幼さを残す年齢だからだろうか。宿の主は同情的だった。帳場の裏手から柄杓《ひしゃく》を取り出してくると、困っている仁吉にそれを手渡した。

「そいつを持って家々を回ってらっしゃい。何なら道行く人からでも、米や鳥目《ちょうもく》を集めてくるといい」

鳥目とは安い穴あき銭のことだ。要するに、柄杓を持って施《ほどこ》しを受けて来いというわけだ。

途方に暮れたまま、仁吉は宿から追い出された。手元に残されたのは、寝ている時に着ていた衣服が一枚と、帯が一本だけだった。

裸足で往来を踏みしめると、一歩ごとに涙が溢《あふ》れ出てくる。

仁吉は、さる旗本の家の四男坊として生まれた。妾腹《めかけばら》だったので八歳の時に養子に出されたが、この養子先の家の者たちと折り合いが悪く、我慢に我慢を重ねた末、とうとう無断で出奔《しゅっぽん》してきたのだ。だが、辛い辛いと思っていた養子先での暮らしよりも、幼い頃から武家育ちの仁吉にとっては、物乞いのように柄杓を手に、頭を下げながら家々を回ることの方が、遥かに辛く屈辱的だった。

とはいっても、今さらどうにもならない。

いずれ名を上げて家の者らを見返してやると、意気込んで江戸を発《た》ってから、まだ十日も経《た》っていなかったが、無一文となった仁吉の心は、早くも折れかかっていた。

今からでも江戸に戻り、誠心誠意、謝れば何とか離縁されずにお咎《とが》めなしで家に戻ることはできまいか。

いや、家を出るときに、こっそり路銀として数両の金子を持ち出している。のこのこ戻ったら、盗人《ぬすっと》として番所に突き出されるかもしれない。

こういう時にどんな処罰が待っているのか、どうするのが最良なのか、仁吉は思いつかない。悪い方へとばかり考えが流れていく。

街道沿いに立ち並ぶ茶屋や飯盛旅籠《めしもりはたご》、木賃宿《きちんやど》などを一軒一軒巡り、仁吉は施しを乞《こ》うたが、思うように金も米も集まらなかった。

午《ひる》を過ぎた頃になると、朝から何も食っていない仁吉は、空腹ですっかり力を失ってしまい、境川《さかいがわ》に架《か》かる大鋸《だいぎり》橋の傍らにへたり込んでしまった。

土手に腰掛け、微《かす》かに潮の香りが混じる川の水面《みなも》と、江ノ島《えのしま》道への大鳥居の下を行き来する人たちの姿を眺めながら、俺はどうなってしまうのだろうと、不安な気持ちでぼんやりと考える。だが、空腹が邪魔をして何もまとまった考えが思い浮かばなかった。

ふと、目の端に一匹の奇妙な犬の姿が目に入った。

毛並みの白い小さな犬で、体はひどく汚れている。首には菰のようなものを巻いていて、いかにもみすぼらしかったが、よくよく見ると、それは菰ではなく、ぼろぼろになった注連縄《しめなわ》のようだった。他に袋のようなものも下げている。

白犬は大鳥居の傍らに座し、所在なげに時折、辺りをうろうろしては、また同じ場所に戻って座るのを繰り返していた。

やがて、足を止める老婆がいた。白犬の傍らにしゃがみ込むと、その頭を撫でてやり、白犬の首にぶらさがった袋を広げ、銭を取り出して中に放り込んでいる。

仁吉は立ち上がり、こちらに歩いてくる老婆に声を掛けた。

「今、犬に施しをやったようだが、あれは何だ」

空腹で苛立《いらだ》っていた仁吉が、いきなり乱暴な口調で声を掛けても、老婆はちょっと驚いたような顔をしただけで、白犬を見た時と同じ不憫《ふびん》そうな目で仁吉を見た。

「あれは、『おかげ犬』じゃ」

老婆はそう言い、仁吉に丁寧に教えてくれる。曰《いわ》く、おかげ犬とは伊勢神宮へのお参りに行く犬、つまり、「お蔭《かげ》参り」に向かう犬のことを言うらしい。

飼い主が病弱であるとか、または老齢で足腰が弱いとか、とても伊勢まで行く暇や金がないなどの理由から、犬一匹で送り出され、お伊勢様まで行き、札をもらって帰ってくるのだという。

話を聞いても仁吉は半信半疑だった。犬畜生が、自らの意志で伊勢に赴《おもむ》き、主人の代わりに札をもらって帰ってくるなんてことができるのだろうか。この辺りから伊勢までは、健脚な大人でも片道十数日は掛かる道のりだ。

老婆によると、街道沿いの宿場町に住む者たちの間では、おかげ犬に餌を恵んでやったり、札を買うための布施《ふせ》を与えたり、伊勢への道中を世話してやったりするのは、施行《せぎょう》であり、善行に当たるのだという。

だが、その白犬は、もう何か月も藤沢宿に留まっており、このところは施しを与える者もいないらしい。

大鳥居の方に視線を移し、仁吉は白犬を見た。要するに、自分がどこへ向かうべきかもわかっていない馬鹿犬が、人の善意に甘えることに慣れ、主人のことなどすっかり忘れて、物乞いの野良犬に成り下がったというところか。

老婆が立ち去ると、仁吉の心に、不意に悪心《あくしん》が湧き上がってきた。

犬が首に下げている袋には、たんまりと布施の金や米が入っているに違いない。それを奪えば、いちいち軒先で頭を下げながら施しを受けて回らずに済む。

仁吉は腕まくりをすると、早速、白犬の傍らに向かった。人通りが途切れたのを見計らい、手にしている柄杓を得物《えもの》に白犬の頭を力一杯に打ち据えようとしたが、素早く白犬はそれを躱《かわ》した。二打目、三打目と繰り出したが、かすりもせず、かまってもらえるのが嬉しいのか、白犬は柄杓を振り回す仁吉の腕に、逆にじゃれついてくる始末だった。腹が減っているので仁吉はすぐに力を使い果たし、馬鹿馬鹿しくなって犬の持っている布施の袋を奪うのを諦めた。今朝方、追い出された宿へ戻るために歩き出したが、ふと気配を感じて振り向くと、白犬が後ろを付いてくる。

はっはっと息を吐きながら、千切れんばかりに尾を振っている。どうやらすっかり懐《なつ》かれてしまったらしい。

無視を決め込んで宿に戻ると、仁吉は借りていた柄杓を返し、昨晩の宿代には足りないかもしれぬがと、集めた銭と米を残らず宿の主に渡した。

驚いた顔を見せたのは宿の主の方だった。まさか宿代を払いに戻ってくるとは思っていなかったらしく、施しを受けるための柄杓も、貸したのではなく、文無しになった仁吉にくれてやったつもりだったらしい。

そんなことなら律儀《りちぎ》に宿代を払いに戻らず、逃げてしまえば良かったと、内心、仁吉は舌打ちしたが、宿の主は、その行いに妙に感心した様子で、粟粥《あわがゆ》と漬け物を、只《ただ》で腹一杯になるまで食わせてくれた。

「伊勢まで抜け参りに行ってきたということにしたらどうだ」

夢中で食い物を腹に流し込む仁吉から事情を聞き、宿の主がそう言った。「抜け参り」とは、領主や家人、または奉公人なら雇い主などに無断で、伊勢参りのために勝手に旅立つことである。暇乞《いとまご》いをしても受け入れられない者が、苦肉の策で行うもので、信心の表れであるから、大っぴらには咎《とが》めることができない。金子を持ち出したのは、路銀を借りただけと言い訳をすればいい。

だが、そのためには、出奔《しゅっぽん》ではなくお参りに行くのが目的だったという証拠に、お伊勢様で名入りの札をもらってくる必要があった。

宿の主は、もう一晩、只で泊めてくれた上に、翌朝、仁吉が旅立つ時、ふかした芋まで持たせてくれた。いつか必ず借りた宿代は払いに来ると約束し、仁吉が表に出ると、昨日の白犬が、人懐こい表情を浮かべ、行儀良く座って待っていた。

「おお、シロじゃないか」

宿の主はそう言うと、犬の傍らにしゃがみ込み、その首筋を撫で始めた。

「その犬も、お蔭参りに行く途中なんでしょう」

何気なく仁吉はそう口にした。江戸から出発したのだとしたら、ずいぶんと早い段階で頓挫《とんざ》したことになる。

「いや、違う。みんなそう思っているようだが、帰る途中なんだ」

「えっ」

肩を竦《すく》めて言う宿の主に、仁吉は思わず声を上げた。

「何十日もかけて伊勢まで行き、御師《おんし》が手配してくれたお伊勢様の札を竹筒に入れて首に下げ、ここまで戻って来たようだが、悪いやつに袋に入っていた布施の金子からお札まで、何もかも取り上げられてしまったらしい」

仁吉は白犬を見下ろす。何やら自分と境遇が似ていると思った。

「大事なものをなくしてしまったのがわかっているんだな。だから江戸までもう少しというこの辺りで、いつまでも家に帰ろうとせずに、ぐずぐずしているんだ」

馬鹿犬だとばかり思っていたが、どうやら逆のようだ。仁吉は宿の主に別れを告げ、東海道を平塚に向かって歩き出したが、犬はいつまで経っても後ろを付いてくる。

そういえば、昨日会った老婆が、おかげ犬の道中の世話をしてやるのも施行だと言っていたのを仁吉は思い出した。

「お前、シロって呼ばれてるのか。俺と一緒にもう一度、伊勢まで行ってみるか」

白犬は答えない。

「恩を着せられるのが嫌なら、代わりにお前の首に下がっている袋の中の銭、路銀に少し貸してもらうぜ。それでどうだ」

仁吉がそう言うと、今度は白犬も、「おん」とひと声大きく吠え、道中を案内するように、得意げに仁吉の先に立って街道を歩き始めた。

精霊流し　佐藤青南

初出『5分で読める！　ひと駅ストーリー　夏の記憶　東口編』（宝島社文庫）

あちこちで破裂する爆竹《ばくちく》の音に怯《おび》えたように、悠太《ゆうた》がしがみついてきた。背後を振り返るのも怖いという感じで、私の腰のあたりに顔を埋《うず》める。

「なんや、悠太。怖いとな?」

私がからかうと、小学一年生にしては小さな頭が左右に動いた。

「怖くなかもん」

「綺麗やろう。見てみらんか。綺麗か綺麗か、本当に綺麗か」

人だかりの向こう側を指差しても、悠太は頑《かたく》なだった。

白い煙幕が立ち込める夜の交差点を、無数の切子《きりこ》灯籠《どうろう》が横切っていく。子供のころから慣れ親しみ、一度妻子に見せたいと願っていた光景だった。なのに、息子は顔を上げようとしない。

私は苦笑しながら、隣に立つ横顔を見た。妻の智子《ともこ》は圧倒された様子で、交差点を見つめている。私は少しだけ誇らしい気持ちで、妻と同じ方向に目を向けた。

交通規制された広馬場《ひろばば》の交差点は、ホイッスルに合わせた「なまいど、なまいど」という勇壮《ゆうそう》な掛け声と、連続する破裂音で騒然となっていた。竹と藁《わら》で作られ、切子灯籠で飾り付けた幾隻もの船が、観衆に見せつけるように交差点を何周かしては、流し場の海岸へと消えてゆく。多くは各町内会で金を出し合って作られた船だが、初盆《はつぼん》を迎える家が個人で出したものもある。

毎年八月十五日には、長崎《ながさき》県各地で精霊流《しょうろうなが》しが行われる。その中でも、島原《しまばら》地方の精霊流しは独特だ。精霊船を水辺の流し場まで運ぶのは同じだが、ほかの地方では車輪をつけた船を押して街を練り歩くのに対し、島原では十数人の男衆で船を抱えて移動する。歩きながら船を上下に揺する男衆の動きは、観衆の多い広場まで出るとさらに大きくなり、両手をいっぱいに伸ばして船を高々と持ち上げたりもする。そのためバランスを崩して船が横倒しになり、流し場まで辿《たど》り着けないというアクシデントもしばしばだ。死者の御霊《みたま》を弔《とむら》う儀式としては、いささか厳《おごそ》かさに欠けるかもしれない。長崎の街で生まれ育ち、長崎の精霊流ししか知らない妻子が、自分の知っている精霊流しとは違うと驚くのも当然だった。

私はこの四月から、故郷である島原の小学校に赴任《ふにん》した。異動にともない、妻子とともに長崎から引っ越してきた。

「ほら、悠太。大きかとの来たぞ」

地元の有力者が個人で出した精霊船は、これまでの中でもっとも大きかった。船体の長さは、十メートル以上あるだろう。担《かつ》ぎ手も大勢だ。激しく上下する船体がぐらりと傾《かたむ》き、沿道の観衆から喝采と悲鳴を浴びている。

「長崎のとはぜんぜん違うやろう。あっちのは提灯《ちょうちん》で、こっちは切子灯籠やしな」

なんとか息子の興味を引こうと話しかけていると、「先生！」横から声がした。

子だった。

田辺《たなべ》久美《くみ》と横川《よこかわ》めぐみが、手を取り合っていた。担任する六年二組での、私の教え

「おまえたち、本当にいつも二人一組やな」呆《あき》れながら指摘すると、田辺が頷《うなず》いた。

「もちろんよ。私たち親友やもん。ね」

「ね。いつまでも一緒」目配せを交わし、二人で微笑み合う。

「そういや、おまえたちは家も近所やったな」

「うん。二人とも同じ町内。二人ともバレーボールクラブに入っとって、二人ともお父さんが漁師と。同じ船に乗っとるとよ」

田辺の言葉に、ね、とまたも頷き合っている。

「そうか。お父さんたちは、精霊船を担ぐとか？」

「もちろんさね。毎年担ぎよるし」胸を張ったのは横川だった。

「今年こそは、ちゃんと流し場まで行ってもらわんとね」田辺が唇を曲げる。

「そうね。去年は調子に乗り過ぎて途中で船ば壊してしもうたもん。今年流し場まで行けんかったら……」

「きっと今年は大丈夫や」私は願望を込めて言った。

「先生は、担がっさんと？」田辺の質問に、私はかぶりを振った。

「先生は無理たい。見ればわかるやろう」私は自嘲気味に微笑んだ。

「やっぱりまだ、痛いと?」横川が同情する眼差しで、私の左脚を見る。

「心配せんでも、平気たい」虚勢を張ってみせたが、下から強い調子で否定された。

「平気じゃないやろうもん」

悠太の両手が、私のシャツをぎゅっと摑んでいる。咎《とが》めるような仕草《しぐさ》だった。

気まずさを避けるように、田辺が話題を変えた。

「そういや先生、さっき坂田《さかた》くんば見かけたよ。津町《つまち》の精霊船についていきよった」

「ああ、坂田は津町やったかね」

坂田というのも、私のクラスの生徒だった。私は交差点から流し場へと続く道の方角を見る。津町の精霊船は、ちょっと前に交差点をぐるりと二周して流し場へと消えていた。あの男衆の中に教え子が交じっていたのか。もっと前で見ていれば確認することができたのに、声をかけることもできたかもしれないのにと、少し残念な気持ちになる。

「うん。足もとで爆竹の鳴りよったとに、あの子、嬉しそうにはしゃぎよったと。熱い熱いって言いながら、ぴょんぴょん飛び跳ねよると」

口を尖《とが》らせる横川に、田辺が同意する。

「ね、ちょっと頭のおかしかよね、あの子」

「お父さんと一緒で、嬉しかったとやろうもん」

わんぱくなガキ大将への弁護は、横川にぴしゃりと撥《は》ねつけられた。

「でも私は好かんけん、坂田のこと」

「私も好かん」

「本当にガキよね、あいつ。バス遠足のときにも、どこかから捕まえてきた蛙《かえる》ば女子の顔にくっつけようとするし」

「信じられんよね。美鈴《みすず》ちゃんとか泣きよったとに。女子だけならともかく、運転手さんにも悪戯《いたずら》しよったやろ。チョー迷惑野郎やけん」

「許せんよね」

「うん。ぜったいに許せん」

あのときも、そういえばあのときも――と、お喋りな仲良しコンビが非難合戦を始め、私が口を挟む余地はなくなる。

「あ……めぐみちゃん、そろそろ私たちの町の精霊船の来るよ」

田辺が我に返った様子で、横川の腕を引く。しばらく名残惜《なごりお》しそうに私のことを見上げていた横川だったが、やがて小さく手を振った。

「じゃあね、先生」

「悠太くんも、じゃあね」

田辺が悠太に別れの挨拶をする。悠太は応えなかった。私は引っ込み思案な息子に苦笑しつつ、最後に二人に訊《き》いた。

「ところでおまえたち、家族の人は来とらすとか」

そのことがずっと気になっていた。

「心配せんでも大丈夫よ。うちはお母さんとお祖父《じい》ちゃんとお祖母《ばあ》ちゃんが来とるし、めぐみちゃんのお母さんと弟もあそこにいるけん」

田辺が指差す群衆のどのあたりに家族がいるのかはわからないが、嘘ではないのだろう。私は安堵《あんど》しながら、わかったと頷いた。二人は交互に振り返りながら手を振り、そのたびにうふふと微笑み合いながら人ごみに紛《まぎ》れて消えた。

教え子の姿が見えなくなると、私は悠太の肩に手を置いた。

「悠太も、そろそろ時間ぞ」

もうすぐ私たちの住む町の精霊船が、交差点にやってくるはずだった。くじ引きで決められた順番だと、いま交差点を周回している船の次だ。

「僕、怖がっとるわけじゃないと」

悠太はぴったりと私にくっついたまま、離れない。

「うん。わかっとる。悠太が強くて優しい子だということは、お父さんが一番ようわかっとる。お母さんのことが心配かとやろう？　お父さんもそうたい。でも、行かないといけん……わかっとるよな？」

ようやく顔を上げた悠太の目が、私を見た。

陥没《かんぼつ》して変形した頭、血まみれの顔。あのときのままだった。

三か月前、私の勤務する小学校で、眉山《まゆやま》へのバス遠足が催された。新一年生の歓迎を目的としたもので、バスには一年生と六年生が同乗していた。私は引率の教師として、悠太は新一年生として、同じ車両に乗った。

曲がりくねった山道で運転手がハンドル操作を誤ったのは、坂田が運転手の顔の前に蛙を差し出したからだった。バスは反対車線に大きく膨らみ、ガードレールを突き破って山肌を転落し、やがて炎上した。五人の死者を出す大惨事だった。

死んだのは坂田と田辺、横川、悠太――そして私だ。

転落でひしゃげたシートの隙間に脚を挟まれた坂田は、救助が間に合わず、炎上するバスの車内で焼死した。激突の拍子に窓から外に投げ出された田辺と横川の仲良しコンビは、亡くなったときにも互いの手を握り合ったままだった。悠太は横転する車の中で全身に打撲を負った。死因は脳挫傷《のうざしょう》だった。

「お母さん……一人で平気かな」

悠太は気遣《きづか》わしげに、母の横顔を見上げた。夫と息子の魂を弔うために精霊流しに訪れた智子の頬には、涙の筋が伝っている。だがその涙を乾かしてあげることは、私にも、悠太にもできない。この三か月、智子のそばで過ごして痛感させられた。私たちにできるのは、ただ彼女の幸せを願うことだけだ。

「どこに行ってもお母さんのことば、見守っていてやろうな」

頷く悠太は涙を堪《こら》えているのか、不自然に頬が痙攣《けいれん》していた。

交差点に、私たち家族の住む、いや、かつて住んでいた町の精霊船が進入してくる。

「行こうか」

「僕たち……どこに行くと？」

「あの船に乗って、どこかにさ……」

私はしがみつく息子の肩に手を置き、体重をかけた。本当に優しい子だと思う。事故に遭《あ》って以来ずっと、私の失った左脚の代わりをしてくれていたのだから。

「さようなら、智子」

「さようなら、お母さん」

ふいに智子が私たちのほうを向いた。私たちの姿は、見えていないはずだ。だが声の出処《でどころ》を探るように、視線をさまよわせている。私たち父子は顔を見合わせた。

「なまいど、なまいど」掛け声と爆竹の音は続く。

夏の終わりを告げるように、ひんやりとした風が吹き抜けた。

この物語はフィクションです。作中に同一の名称があった場合も、
実在する人物、団体等とは一切関係ありません。

執筆者プロフィール一覧 ※五十音順

有沢真由（ありさわ・まゆ）

愛知県名古屋市生まれ。第八回日本ラブストーリー大賞・隠し玉として『美将団 信長を愛した男たち』にて二〇一三年デビュー。他の著書に『R 保険査定者・御手洗紗希の事件ログ』（宝島社）がある。

乾緑郎（いぬい・ろくろう）

一九七一年、東京都生まれ。『完全なる首長竜の日』（宝島社）にて第九回『このミステリーがすごい！』大賞・大賞を受賞。『忍び外伝』（朝日新聞出版）で第二回朝日時代小説大賞も受賞し、新人賞二冠を達成。『忍び秘伝』（朝日新聞出版 ※文庫化の際に『塞《さえ》の巫女』に改題）にて第一五回大藪春彦賞候補。他の著書に『海鳥の眠るホテル』『鷹野鍼灸院の事件簿』『鷹野鍼灸院の事件簿 謎に刺す鍼、心に点す灸』（以上、宝島社）、『機巧のイヴ』（新潮社）などがある。

遠藤浅蜊（えんどう・あさり）

一九七九年、新潟県生まれ。第二回『このライトノベルがすごい！』大賞・栗山千明賞を受賞、『美少女を嫌いなこれだけの理由』にて二〇一二年デビュー。他の著書に『魔法少女育成計画』『魔法少女育成計画 restart（前）（後）』『魔法少女育成計画 episodes』『魔法少女育成計画 limited（前）（後）』『魔法少女育成計画 JOKERS』『魔法少女育成計画 ACES』『特別編集版 魔法少女育成計画』『魔法少女育成計画 episodes φ』『魔法少女育成計画 16人の日常』『魔法少女育成計画 QUEENS』（すべて宝島社）がある。

大泉貴（おおいずみ・たかし）

一九八七年生まれ、東京都在住。第一回『このライトノベルがすごい！』大賞・大賞を受賞、『ランジーン×コード』にて二〇一〇年デビュー。他の著書に『アニソンの神様』『東京スピリット・イエーガー　異世界の幻獣、覚醒の狩人』『サウザンドメモリーズ　転生の女神と約束の騎士たち』『古書街キネマの案内人　おもいで映画の謎、解き明かします』（以上宝島社）、『我がヒーローのための絶対悪（アルケマルス）』（小学館）などがある。

喜多南（きた・みなみ）

一九八〇年、愛知県生まれ。第二回『このライトノベルがすごい！』大賞・優秀賞を受賞、『僕と姉妹と幽霊の約束』にて二〇一一年デビュー。他の著書に『僕と彼女と幽霊の秘密』『僕と姉妹と幽霊の再会』『絵本作家、百灯瀬七姫のおとぎ事件ノート』（すべて宝島社）がある。

木野裕喜（きの・ゆうき）

一九八二年、奈良県生まれ。第一回『このライトノベルがすごい！』大賞・優秀賞を受賞、『暴走少女と妄想少年』にて二〇一〇年デビュー。他の著書に『スクールライブ・オンライン』（以上宝島社）、『電想神界ラグナロク』（ＳＢクリエイティブ）がある。

咲乃月音（さくの・つきね）

一九六七年、大阪府生まれ、香港在住。第三回日本ラブストーリー大賞・ニフティ／ココログ賞を受賞、『オカンの嫁入り』（※文庫化の際に『さくら色オカンの嫁入り』に改題）にて二〇〇八年デビュー。他の著書に『ゆうやけ色オカンの嫁入り・その後』『僕のダンナさん』『オカンと六ちゃん』『ジョニーのラブレター』（すべて宝島社）がある。

佐藤青南（さとう・せいなん）

一九七五年、長崎県生まれ。第九回『このミステリーがすごい！』大賞・優秀賞を受賞、『ある少女にまつわる殺人の告白』にて二〇一一年デビュー。他の著書に『消防女子!! 女性消防士・高柳蘭の誕生』『ファイア・サイン　女性消防士・高柳蘭の奮闘』『サイレント・ヴォイス　行動心理捜査官・楯岡絵麻』『ブラック・コール　行動心理捜査官・楯岡絵麻』、『インサイド・フェイス　行動心理捜査官・楯岡絵麻』、『サッド・フィッシュ　行動心理捜査官・楯岡絵麻』（以上、宝島社）、『ジャッジメント』『市立ノアの方舟』（祥伝社）、『白バイガール』（実業之日本社）などがある。

里田和登（さとだ・かずと）

一九七八年、東京都出身。第一回『このライトベルがすごい！』大賞・金賞を受賞、『僕たちは監視されている』にて二〇一〇年デビュー。他の著書に『僕たちは監視されているch.2』（以上、宝島社）がある。

沢木まひろ（さわき・まひろ）

東京都生まれ。二〇〇六年、「But Beautiful」で第一回ダ・ヴィンチ文学賞・優秀賞を受賞、二〇一二年『最後の恋をあなたと』で第七回日本ラブストーリー大賞を受賞。他の著書に『44歳、部長女子。』『45歳、部長女子。遠距離恋愛危機一髪』『46歳、部長女子。私たちの決断』『独りの時間をご一緒します。』（以上、宝島社）、『ヘヴンリー・ヘヴン』『ブランケット　タイム』『きみの背中で、僕は溺れる』『こごえた背中の、とける夜』『僕の背中と、あなたの吐息と』（以上、メディアファクトリー）、『もう書けません！中年新人作家・時田風音の受難』（KADOKAWA）がある。

島津緒繰（しまづ・おぐり）

一九八四年、九州生まれ。東京都在住。第三回『このライトノベルがすごい！』大賞・栗山千明賞を受賞、『薄氷あられ、今日からアニメ部はじめました。』（宝島社）にて二〇一二年デビュー。

拓未司（たくみ・つかさ）

一九七三年、岐阜県生まれ。第六回『このミステリーがすごい！』大賞・大賞を受賞、『禁断のパンダ』にて二〇〇八年デビュー。他の著書に『蜜蜂のデザート』『紅葉する夏の出来事』（以上、宝島社）、『虹色の皿』（角川書店）、『恋の病は食前に』（朝日新聞出版）、『ボトムレス』（ＮＨＫ出版）などがある。

田丸久深（たまる・くみ）

一九八八年、北海道生まれ。第十回日本ラブストーリー&エンターテインメント大賞・最優秀賞を受賞、『僕は奇跡しか起こせない』にて二〇一五年デビュー。

友井羊（ともい・ひつじ）

一九八一年、群馬県生まれ。第十回『このミステリーがすごい！』大賞・優秀賞を受賞、『僕はお父さんを訴えます』にて二〇一二年デビュー。他の著書に『ボランティアバスで行こう！』『スープ屋しずくの謎解き朝ごはん』『スープ屋しずくの謎解き朝ごはん　今日を迎えるためのポタージュ（以上、宝島社）、『さえこ照ラス』（光文社）、『向日葵ちゃん追跡する』（新潮社）、『スイーツレシピで謎解きを　推理が言えない少女と保健室の眠り姫』（集英社）がある。

中居真麻（なかい・まあさ）

一九八二年、兵庫県生まれ。第六回「日本ラブストーリー大賞」大賞を受賞、『恋なんて贅沢が私に落ちてくるのだろうか？』にて二〇一一年デビュー。他の著書に『ハナビ』『恋ベタだからって嘆いているのはもったいない』『古書店・小松堂のゆるやかな日々』『迷える四姉妹』（以上、宝島社）、『この靴、なげたい』（徳間書店）、『今日から仲居になります』（ＰＨＰ研究所）がある。

中山七里（なかやま・しちり）

一九六一年、岐阜県生まれ。第八回『このミステリーがすごい！』大賞・大賞を受賞、『さよならドビュッシー』にて二〇一〇年デビュー。他の著書に、『連続殺人鬼カエル男』『おやすみラフマニノフ』『さよならドビュッシー前奏曲　要介護探偵の事件簿』『いつまでもショパン』『どこかでベートーヴェン』（以上、宝島社）、『贖罪の奏鳴曲』『追憶の夜想曲』『恩讐の鎮魂曲』（以上、講談社）、『切り裂きジャックの告白』『刑事犬養隼人』『七色の毒』『ハーメルンの誘拐魔』（以上、KADOKAWA）、『魔女は甦る』『ヒートアップ』『作家刑事毒島』（以上、幻冬舎）、『静おばあちゃんにおまかせ』『テミスの剣』（以上、文藝春秋）、『スタート』（光文社）、『アポロンの嘲笑』（集英社）、『月光のスティグマ』（新潮社）、『嗤う淑女』（実業之日本社）、『ヒポクラテスの誓い』『ヒポクラテスの憂鬱』（祥伝社）、『総理にされた男』（NHK出版）、『作家刑事毒島』（幻冬舎刊）、『闘う君の唄を』（朝日新聞出版）、『セイレーンの懺悔』（小学館）、『翼がなくても』（双葉社）などがある。

深沢仁（ふかざわ・じん）

一九九〇年生まれ。第二回『このライトベルがすごい！』大賞・優秀賞を受賞、『R．I．P．天使は鏡と弾丸を抱く』にて二〇一一年デビュー。他の著書に『グッドナイト×レイヴン』『睦笠神社と神さまじゃない人たち』（すべて宝島社）、『Dear.』（ＰＨＰ研究所）、『英国幻視の少年たち』（ポプラ社）がある。

降田天（ふるた・てん）

鮎川颯と萩野瑛の二人からなる作家ユニット。第十三回『このミステリーがすごい!』大賞を受賞し、『女王はかえらない』にて二〇一五年デビュー。他の著書に『匿名交叉』（宝島社）がある。

森川楓子（もりかわ・ふうこ）

一九六六年、東京都生まれ。第六回『このミステリーがすごい!』大賞・隠し玉として『林檎と蛇のゲーム』にて二〇〇八年デビュー。他の著書に『国芳猫草子　おひなとおこま』（宝島社）がある。別名義でも活躍中。

吉川英梨（よしかわ・えり）

一九七七年、埼玉県生まれ。第三回「日本ラブストーリー大賞」エンタテインメント特別賞を受賞。『私の結婚に関する予言38』にて二〇〇八年デビュー。他の著書に『警視庁「女性犯罪」捜査班　警部補・原麻希』『警視庁「女性犯罪」捜査班　警部補・原麻希　5グラムの殺意』『警視庁「女性犯罪」捜査班　警部補・原麻希　通報者』（以上、宝島社）、『ダナスの幻影』（朝日新聞出版）、『葬送学者・鬼木場あまねの事件簿』（河出書房新社）、『ハイエナ　警視庁捜査二課本城仁一』（幻冬舎）、『波動　新東京水上警察』『烈渦　新東京水上警察』（講談社）などがある。

宝島社
文庫

5分でほろり! 心にしみる不思議な物語
(ごふんでほろり! こころにしみるふしぎなものがたり)

2017年3月9日　第1刷発行
2021年3月30日　第2刷発行

編　者　『このミステリーがすごい!』編集部
発行人　蓮見清一
発行所　株式会社 宝島社
〒102-8388　東京都千代田区一番町25番地
電話:営業 03(3234)4621/編集 03(3239)0599
https://tkj.jp

印刷・製本　株式会社廣済堂

ISBN 978-4-8002-6801-3

「ひと駅ストーリー」「10分間ミステリー」シリーズから
“恋にまつわる話”をセレクション！
宝島社文庫
5分でドキッとする！
意外な恋の物語
『このミステリーがすごい！』編集部 編
青春・感動・別れ・謎解き
時代劇・SF・ホラー
1話5分で読める「恋」の物語
全25話収録！
天田 式
大間九郎
岡崎琢磨
梶永正史
加藤鉄児
喜多 南
喜多喜久
佐藤青南
里田和登
篠原昌裕
上甲宣之
千梨らく
辻堂ゆめ
友井 羊
中山七里
奈良美那
英 アタル
林 由美子
深沢 仁
降田 天
堀内公太郎
森川楓子
5分でドキッとする！
意外な恋の物語
Unexpected love stories
定価：本体680円＋税
イラスト／鳥羽 雨
『このミステリーがすごい！』大賞は、宝島社の主催する文学賞です（登録第4300532号）
好評発売中！
宝島社
お求めは書店、公式直販サイト・宝島チャンネルで。
宝島チャンネル
検索